Julian
Barnes

Julian Barnes

THE SENSE OF AN ENDING 终结的感觉

[英国]
朱利安·
巴恩斯
著 郭国良 译

译林出版社

献给帕特

第 一 部

我记得,虽然次序不定:

——一只手的手腕内侧,闪闪发光;

——笑呵呵地把滚烫的平底锅抛进了水槽里,湿漉漉的水槽上顿时蒸汽升腾;

——一团团精子环绕水池出水孔,然后从高楼的下水道一泻而下;

——一条河莫名地逆流而上,奔涌跃腾,在六束追逐的手电筒光线照射下波光粼粼;

——另一条河,宽阔而灰暗,一阵狂风搅乱了水面,掩盖了河的流向;

——一扇上了锁的门后,冰冷已久的浴水。

这最后一幕我没有真正见过,但是,你最后所记得的,并不总是与你曾经目睹的完全一样。

我们生活在时间中——时间掌控并塑造我们——但我感觉自己从未很好地理解时间。当然,我并不是指那些关于时光弯曲和折回的种种理论,或者可能存在于他处的平行世界。不,我说的是一般的日常时间,钟表用嘀嗒、嘀嗒之声来告诉我们正在悠悠逝去的时间。还有什么比秒针更貌似真实的吗?然而,只需寥寥的愉悦或痛苦,我们就能体会到时间的韧性。某些情感会促其加速,而另一些情感又会让它放缓脚步;偶尔,它好像不知去向——直到最后时刻,它真的猝然失踪,一去不复返。

我对学生时代兴味索然,毫无怀念之意。然而,学校是那一切开始的地方,所以我得简要地重提那几件演化成趣闻的事情,回溯某些模糊的记忆,时间已将它们扭曲变形,使我笃信不疑。假如我对实际发生的事件不再能确信,我至少可以对那些事实所留下的印象有十足的把握。那是我最大的能耐了。

我们这个小团体本来有三个人,他加入后就变成了四个。我们三个本是个铁三角,他的加入让我们始料不及。拉帮结派是很早以前的事儿啦,我们都已经开始想象着逃离学校,走向人生舞台。他名叫艾德里安·芬恩,一个高挑而羞涩的男孩,起先总低着头朝下看,什么都放在自己心里。刚开始那一两天,我们几乎都没注意到他:我们学校从来不搞欢迎仪式,更必说其反面了——新生惩戒仪式。我们只是意识到他在那儿,然后就等着。

相比我们,老师们对他兴趣更浓。他们得慢慢发掘他的才智,锻造他的纪律意识,评估他之前所接受的教育程度,看看他是不是一块

"可获奖学金的料子"。在那个秋季学期的第三个早晨,我们有一堂老亨特的历史课。乔·亨特身着三件套西装,显得既和蔼可亲,又诙谐讥诮。他的管控之道在于让课堂保持足够无聊,但又不过度无聊。

"好了,你们应该还记得,我要你们预习一下亨利八世统治时代的历史。"我、科林和亚历克斯面面相觑,希望这问题不要像个钓钩一样甩落在我们某个人的头上。"谁愿意描述一下那个时代?"其实,他自己已从我们躲闪的目光中获取了答案。"好吧,要不就马歇尔吧。你会如何描述亨利八世统治时代的历史呢?"

如释重负的感觉压倒了我们的好奇心,因为马歇尔这个人一问三不知,连自己的无知都不知道如何掩饰。他思忖了一下这个问题中可能隐含的复杂之处,终于给出了一个答复。

"那时候动荡不安,老师。"

全班哄堂大笑,连老亨特都差点儿笑出来。

"你能不能更详细地阐述一下呢?"

马歇尔缓缓点头,表示同意。他又思考了一会儿,终于觉得不能再犹豫了。"老师,当时非常动荡不安。"

"好吧,芬恩,你来回答。这段历史你熟悉吗?"

这位新来的男生坐在前面一排,在我的左边。对马歇尔弱智的回答,他没什么明显的反应。

"恐怕谈不上熟悉吧,老师。但是,要形容任何历史事件——譬如说,即使是第一次世界大战的爆发——我们唯一真正可说的一句话就是:'事情发生了。'"

"真的吗?这么说来,我就得失业了,是不是?"一阵谄笑过后,老亨特原谅了我们的假日懒散症,娓娓地给我们讲了亨利八世这个一夫多妻的君王刽子手。

在随后的课间休息时,我去找了芬恩。"我是托尼·韦伯斯特。"他谨慎地看着我。"你给亨特的回答很精彩啊。"他似乎不知道我在指什么。"就是那句'事情发生了'。"

"哈,是的。他没接茬儿,我很失望。"

其实他本不应该那么说的。

我还记得另一个细节:我们三个人,作为同盟的象征,经常把手表表面戴在手腕内侧。这当然是一番做作,但也许另有深意。它让时间感觉像是一件很个人,甚至是很私密的东西。我们希望艾德里安注意到这一举动,并跟着效仿;但他没有这样做。

那天迟些时候——又或许是另一天——我们有两节菲尔·狄克逊的英语课。他是个年轻教师,刚从剑桥大学毕业,喜欢使用当代文本,会出其不意地甩出一个个极具挑战性的问题。"'出生,求偶,死亡'——这就是艾略特所说的人生。有什么评论吗?"有一次,他把莎士比亚戏剧中的一位主角比作《斯巴达克斯》中的柯克·道格拉斯。我记得我们在讨论泰德·休斯的诗歌时,他拿腔拿调地把头一歪,喃喃自语道:"当然,我们都很想知道他没动物可写了会怎么样。"有时他称我们为"绅士"。自然,我们对他十分倾倒。

那个下午,他发给我们一首没有标题、没有时间、没有署名的诗歌,给我们十分钟来研读,然后要我们点评。

"芬恩,从你开始可以吗?简单地说,你觉得这首诗的主题是什么?"

艾德里安从书桌上抬起头。"爱神和死神,先生。"

"嗯,还有呢?"

"性与死。"芬恩继续道,好像并不仅仅是后排的傻瓜们才不懂希腊文似的,"或者,不妨说,爱与死。无论如何,性爱原则会与死亡原则起冲突。以及冲突的结果。先生。"

此时此刻,我一副肃然起敬的神情,狄克逊都觉得有点不正常了。

"韦伯斯特,给我们做进一步的阐述。"

"我倒觉得这只是一首描写仓鸮的诗。"

我们三个与这位新朋友之间有诸多不同点,这便是其中之一:除了偶尔严肃的时候,我们基本上都在开玩笑。而他除了偶尔开玩笑,基本上都很严肃。我们颇花了点时间才搞清楚这点。

艾德里安终于逐渐融入了我们的小团队,但他并不承认自己是在寻找归属感。也许他确实没有。而且,他也没有为了迎合我们而改变自己的观点。晨祷的时候,我们可以听到他加入应答圣歌,而我和亚历克斯只是对个口型,科林则像个伪狂热分子一样,喜欢大吼大叫,极尽讥讽之能事。我们三个觉得,学校体育运动是一个秘密法西斯者的计谋,无非是想压制我们的性冲动;艾德里安却加入了击剑俱乐部,还参加跳高。我们五音不全,缺乏音乐细胞,而他是带着单簧管来学校的。当科林埋怨家人,我嘲讽政治体制,亚历克斯从哲学上反对感知到的现实的本质之时,艾德里安却不动声色,守口如瓶——起码,原先是如此。他给我们的印象是,他是一个信念坚定的人。其实我们也是——只不过我们纯粹地相信自己的事情,而不相信我们被决定的事情。这就是我们持有的净化怀疑论。

学校在伦敦中部,我们每天从不同的行政区各自赶来,从一个管制系统过渡到另一个系统。那时候,事情简单多了:没现在这么多钱,没电子设备,极少时尚暴虐,也没女朋友。那时候,我们尽心尽责、心无旁骛地尽着人伦孝道的本分。学习,考试,拿着那一本本资格证书当作敲门砖找份工作,然后踏上一条比我们父母更加富足的人生之路。父母们会心满意足,但在心中却暗暗地与他们自己从前的生活相比较,觉得那时候的生活更简单,因而更美好。当然,这种话从来都不会说出口:英国中产阶级彬彬有礼的社会达尔文主义总是含而不露。

"妈的混蛋,这些老家伙。"某个星期一,科林在午餐时抱怨道,"你小时候觉得他们蛮好的,等你长大了才发觉他们不过是……"

"亨利八世,科?"艾德里安接嘴道。我们逐渐开始习惯他的冷嘲热讽,也知道他说不定什么时候就调转枪口对准我们。在开玩笑或者要我们严肃起来的时候,他就会称我为"安东尼",亚历克斯会变成"亚历山大",而无法被加长的科林则被简化成"科"。

"如果我爸有半打老婆,我也无所谓。"

"而且还超级有钱。"

"而且霍尔拜因曾为他画像。"

"而且他还可以要教皇滚开。"

"他们为什么是'妈的混蛋'?有什么特别的原因吗?"亚历克斯问科林。

"我本来想一起去游乐场,但是他们说打算在那个周末做园艺。"

这就对了:妈的混蛋。只有对艾德里安来说不是这样。他一直听我们在骂骂咧咧,却几乎没有参与进来。但是我们觉得他才是最有理由抱怨的人。他的母亲多年以前就离家出走,撇下他爸爸独自抚养艾德里安和他妹妹。那时,人们还远未开始使用"单亲家庭"这一词语,只说"破碎的家庭"。在我们认识的人中,艾德里安是唯一一个来自单亲家庭的孩子。按理说,这本应给他足够的理由愤世嫉俗,但不知道为什么,他并没有怨天尤人。他说,他爱母亲,敬重父亲。我们三个私下分析了他的情况,得出了一个结论:建立一个幸福家庭的关键,就是根本不需要拥有完整的家庭——或者至少一家人不要住在一起。分析完毕后,我们更加羡慕艾德里安了。

在那些日子里,我们想象自己被囚禁在某种候宰栏之中,期盼着能被放出来,步入自己的生活。而那一时刻到来时,我们的生活——以及时间本身——都会加快前进的步伐。我们如何知道人生已然开始,益处已然获得,损毁已然造成?此外,我们解脱后只会步入一个更大的候宰栏,其界限起初根本无法辨别。

与此同时,我们既嗜读又好色,既笃信精英管理又崇尚无政府主义。在我们看来,一切政治体系和社会体制都是腐朽的,可是,除了追求混沌的享乐,我们一概拒绝考虑别的选项。然而,艾德里安敦促我们笃信原则应指导行动,将纸上谈兵的想法运用于人生。此前,亚历克斯已被视为我们中的哲学家。他读过我们另外两人都没读过的东西,比如,他也许会冷不丁地宣告:"无言之所,唯余沉默。"[1] 我和科林

---

[1] "无言之所,唯余沉默":维特根斯坦之语。

会静静思考一会,然后咧嘴一笑,继续谈笑风生。但是艾德里安的到来把亚历克斯拉下了马——或者,更确切地说,给了我们选择另一个哲学家的机会。如果说亚历克斯读过罗素和维特根斯坦,艾德里安则读过加缪和尼采。我读过乔治·奥威尔和奥尔德斯·赫胥黎;科林读过波德莱尔和陀思妥耶夫斯基。以上不过是我们几个一个个小小的速写罢了。

没错,我们当然自命不凡——人不轻狂枉少年。我们使用"世界观""狂飙突进运动"[1]这类术语,喜欢说"从哲学上说,这是不言而喻的",并且相互安慰说,想象力的第一要务乃是逾矩犯规。我们的父母看事物的角度却不一样。在他们心目中,孩子是突然暴露在毒流中的无辜婴孩。因而,科林的母亲总称我为他的"黑色天使";父亲发现我在读《共产党宣言》时,就责备亚历克斯;亚历克斯的父母撞见他拿着一本冷硬派美国犯罪小说时,他们就归咎于科林。如此云云。说到性事,也是一样。我们的父母们深恐我们互相毒害,变成他们最害怕的那号人:无可救药的手淫狂,楚楚动人的同性恋,处处留情的浪荡子。为了我们,他们怕少年间的亲密友谊,怕火车上陌生人的巧取豪夺,怕坏女孩的诱惑勾引。他们如此忧心忡忡,远远超出我们的实际经历。

一天下午,老乔·亨特仿佛想回应艾德里安早先的挑战,叫我们就第一次世界大战的起源各抒己见:具体而言,作为始作俑者,杀害弗朗茨·斐迪南大公的刺客应该承担多大的责任。那时候,我们大多是绝对主义者,只喜欢对与错,褒与贬,有罪与无辜——或者,就马歇

---

[1] 狂飙突进运动:18世纪德国文学和音乐创作领域的变革。

尔而言,动荡不安与非常动荡不安。我们喜欢有输赢结局的游戏,不喜欢平局。因此,对某些人而言,那位塞尔维亚枪手——我早就忘了他的名字——负有百分之百的个人责任:剔除了他,这场战争就绝不会发生。其他人更倾向于百分之百的历史潮流责任论,即认为敌对国的冲突无可避免:"整个欧洲就像个一触即发的火药库",此类论断,不一而足。更有无法无天者,比如像科林,他坚信一切都由偶然所致,整个世界都存在于一种永恒的混沌状态,只有某种原始的讲故事本能——毫无疑问,此本能本身乃是一种宗教遗风——以回溯的方式将意义加诸那些本该或本不该发生的事情。

对于科林这种试图否定一切的论断,亨特只是轻轻地点点头,仿佛病态的怀疑是青春期一种自然而然的副产品,长大了也就渐渐好了。老师和家长老是说他们也曾年轻过,所以他们的话颇具权威,这样的念叨很烦人。他们坚持说,这不过是阶段性的罢了,你总会长大成熟的;生活会教会你什么叫现实,什么叫务实。但是那时候我们拒绝承认他们曾经有一丁点儿像我们,而且我们坚信自己能够把握人生——还有真理、道德和艺术——跟这些已经妥协的年长者比起来,我们看得更清。

"芬恩,你怎么这么沉默?是你起的头。你堪称是我们的'塞尔维亚枪手'。"为了让大家领会这个隐喻,亨特顿了一顿,"可以说说你有何高见吗?"

"我不知道,先生。"

"还能有什么是你不知道的吗?"

"呃,某种意义上说,我无法知道我到底什么不知道。从哲学上说,这是不言而喻的。"他也稍稍停顿了一下,让我们再次纳闷他是在隐隐嘲讽呢,还是在故作严肃。"说实在的,这整个追究责任的行为难道不就是一种逃避吗？我们责备某个人,目的就是为其余人开脱罪责。或者呢,我们归咎于历史进程,为一个个个体免责。抑或将一切归咎于一片混沌,结果也是一样。在我看来,似乎有——或者曾经有——一条个体责任链,所有责任不可或缺,但此链并非无限之长,不然谁都可以轻率归咎于他人。当然,我想要追究责任,这或许只是反映了我本人的心境,并非对事件的合理分析。先生,这不就是历史的核心问题之一吗？这是个主观阐释与客观阐释的问题,即我们必须了解历史学家的历史才能理解此刻摆放在我们面前的历史版本。"

全场默然。不,他不是在说笑,一点玩笑的意思也没有。

老亨特看了看表,微微一笑。"芬恩,我五年后就退休了。如果你愿接手,我非常乐意引荐你。"他也不是在开玩笑。

一次晨间集合时,校长庄重宣告了一条沉痛的消息:理科六年级的罗布森在上周末离开了这个世界,校长平常只在宣布开除学生或体育竞赛惨败时才会用如此庄重的口吻。在一片喃喃低语中,他说罗布森的离世好似一朵盛开的花儿溘然凋零,他的离去是我们整个学校的一大损失,我们都会象征性地参加他的葬礼。事实上,我们真正想知道的事情他一件也没说:罗布森是怎么死的,为什么会死;如果是谋杀的话,凶手是谁。

"爱神和死神。"第一节课上课前,艾德里安评论道,"死神又一次得胜。"

"罗布森不是爱神或死神会眷顾的那种人。"亚历克斯告诉他。我和科林点头表示赞同。以我们和他同窗数年的了解来看,他是一个沉稳而缺乏想象力的男孩,对艺术毫无兴致;他缓步前行,从没冒犯任何人。可是现在他以早逝而留名于世,却冒犯了我们。确然是一朵青春之花;而我们所知的罗布森是一棵平凡无奇的蔬菜。

我们没有听人提及疾病、自行车事故、煤气爆炸一类的字眼。几天后,数学六年级的布朗传出了官方无法提供也不愿提供的流言:罗布森弄大了他女朋友的肚子后,在阁楼上吊自杀,尸体两天后才被找到。

"我压根儿也不会想到他竟然知道怎么上吊自杀。"

"他是理科六年级的啊。"

"可是你得打一个很特别的滑结吧。"

"那是电影里和依法处决时才有的情景。其实用普通的结就可以了。只是窒息的时间要长一些而已。"

"你觉得他女朋友是怎样的一个人?"

我们考虑了几个能想到的可能:循规蹈矩的处女(现在不再是了),放荡的售货员,有经验的妇女,性病缠身的妓女。我们乐此不疲地议论着,直到艾德里安转移了我们的兴致。

"加缪说,自杀才是唯一的真正的哲学问题。"

"除了伦理,政治,审美,现实性还有其他一切。"亚历克斯的反驳甚是尖锐。

"唯一的、真正的问题。根本的问题,其他一切问题均依赖于此。"

对罗布森自杀事件做了详尽分析之后,我们断定,他的自杀只有在算术的意义上才具有哲学意蕴：他即将在世界总人口数上再增添一位，所以才觉得保持地球人口总数恒常不变是他的道德义务。但是，在其他所有方面，我们认为罗布森都让我们倍感失望，也辜负了严肃思考。他的行为无关哲学，简直是自我放纵，且不具艺术美感：换言之，是极端错误的。至于他的遗言——根据传闻（依然来自布朗），为"妈妈，对不起"——我们感觉它错失了一次强有力的教育机会。

也许，如果不是因为一件至关重要且无法更改的事实，我们也不会对罗布森如此严苛。事实就是：罗布森和我们年龄相仿，在我们看来，他其貌不扬，毫无出众之处，可他不仅与一位姑娘发展了一段地下恋情，而且还生生地把她上了。操他个混蛋！为什么是他而不是我们？为什么我们所有人连追求女生的失败经历都没有？起码这种经历会给我们带来耻辱，而耻辱可以增添我们的智慧，给我们吹嘘的资本（"其实呀，当时她的原话是'穿着帅气帆布鞋的脓包傻瓜'。"）。从阅读伟大的文学作品中我们得知，爱情总是与痛苦密不可分，只要有一个暗藏的甚或可想而知的前景，即爱情也许已悠然来临，那么我们就会心甘情愿地去体验痛苦。

这就是我们的另一大恐惧：人生不会和文学一样。看看我们的父母吧——他们难道是文学的产物吗？他们充其量不过是旁观者和看客，是社会背景的一部分，烘托那些真正重要的大事件。比如说呢？文学的旨趣所在：爱，性，道德，友谊，幸福，痛苦，背叛，通奸，善与恶，英雄与恶棍，有罪与无辜，野心，权势，正义，革命，战争，父与子，母与女，个人与社会，成败，谋杀，自尽，死亡，上帝。还有仓鸮。当然也有其他文学种类——理论性的,自我指涉的,多愁善感自传型的——但这些不过只是干涩的意淫。真正的文学关涉人的心理、情感和社会现实,通过主人公的行为和反思得以展现;小说描写的是人物性格在时间长河中的发展历程。反正这是菲尔·狄克逊告诉我们的。除了罗布森以外,仅有一个人的生活像小说一样跌宕起伏,这个人就是艾德里安。

"你妈为什么离开你爸?"

"我不知道。"

"你妈外面有人吗?"

"你爸被戴了绿帽子?"

"你爸有没有情妇?"

"我不知道。他们说我长大了就会明白的。"

"大人们老是这么承诺。那为什么不能现在就解释呢?我往往这样反问。"其实我从来没说过这话。而且,据我所知,我家没有任何秘密,这让我感觉无比羞愧和失望。

"可能你妈在外面有小白脸呢?"

"我怎么知道?我们从来不在她那儿见面。一般都是她来伦敦。"

这真是没救了。在小说里,艾德里安才不会逆来顺受呢。如果主人公的行为举止并不让人觉得他在小说里,那么拥有一个戏剧化的人生又有何意义呢?艾德里安应该八卦一些,或者省下所有零花钱聘请个私人侦探;也许我们四个早该主动出击,展开一段"揭示真相之旅"。又或者说,这是否太像一个小孩子的故事而非文学作品?

那年的最后一堂历史课上,一直谆谆诱导、带领他那昏昏欲睡的学生穿越都铎和斯图亚特王朝、维多利亚和爱德华时代以及帝国兴衰的老乔·亨特,邀我们一一回顾这几百年来的风云历史,并尝试得出结论。

"也许,我们可以从一个看似简单的问题开始,即,什么是历史?你有何想法,韦伯斯特?"

"历史就是胜利者的谎言。"我几乎不假思索地答道。

"是啊,我就担心你会这么说呢。呃,只要你记住,它也是失败者的自欺欺人。辛普森?"

科林显然比我更加胸有成竹。"历史是一块生洋葱三明治,先生。"

"何以见得?"

"因为它一个劲地重复,先生。就像打嗝似的。这一年来我们已经看了一遍又一遍。总是那套把戏,一直都在专制与反抗、战争与和平、繁荣与贫穷之中徘徊。"

"一块三明治夹的东西还蛮多的嘛,你说呢?"

我们哄堂大笑,到了期末,大家都显得有些歇斯底里。

"芬恩,你呢?"

"'不可靠的记忆与不充分的材料相遇所产生的确定性就是历史。'"

"确实是这样吗?你从哪里找到这句话的?"

"拉格朗日,先生。帕特里克·拉格朗日。是个法国人。"

"我早该猜到了。你能否为我们举个例子?"

"罗布森的自杀事件,先生。"

一阵倒抽冷气的声音传来,清晰可辨,有人猛地转头。但是,和其他老师一样,亨特格外厚爱艾德里安。当其他同学试图挑衅老师时,它被贬为幼稚的愤世嫉俗——等我们长大了，这些想法自然而然就没了。然而，不知怎的，艾德里安的挑衅却颇受欢迎，被视为探求真理，只不过方式笨拙点罢了。

"那跟这问题有什么关系？"

"因为这是一个历史事件，先生，或者说是个微小的历史事件，但却是最近才发生的。因此这件事显然应该被当作历史。我们都知道他死了，我们都知道他有个女朋友，我们都知道这个女孩子怀孕了——或者说曾经怀孕过。但此外我们还知道些什么呢？只有一份可被称作史实的文字记录，就是那张写着'妈妈，对不起'的自杀遗言——至少布朗是这么说的。那张纸条还留着吗？有没有被毁掉？罗布森之所以自杀，除了这些明显的原因之外，是否还有其他动机或原因？他当时的心态如何？我们怎么能确证那孩子就是他的？我们无法得知，先生，即使是在事件刚刚发生后不久。那等到五十年之后，等到罗布森的父母去世，等到他的女朋友消失已久并且再也不愿回想有关他的一切，到了那时候，怎么可能还会有任何人有能力来记录罗布森的故事？您看到这其中的问题了吗，先生？"

我们都看向亨特，暗自揣测这一次艾德里安是不是说得太过头了。仅仅是"怀孕"这个词就仿佛粉笔灰一样，在教室里挥散不去。更不用说他对孩子父亲另有其人的大胆推测，竟然暗示罗布森小小年纪就被人戴了绿帽……过了好一会儿，老师终于做了回答。

"我看到问题出在哪儿了，芬恩。但我觉得你低估了历史，因而也低估了历史学家。为了便于讨论，我们姑且认为可怜的罗布森将来会有历史价值。历史学家向来都有缺乏直接实证的问题。他们早已习惯如此。还有,别忘了在此事例中定会涉及验尸,因此一定会有验尸报告。罗布森很可能写过日记,或是写过信,还打过电话,这些内容都可以被人记起。他的父母也会答复他们收到的那些吊唁信。而五十年后,考虑到现在人们的平均寿命,他的同龄人中有相当一部分还可以接受访问。这个问题也许没有你所想象的那么可怕。"

"但什么都无法弥补罗布森本人的证言,先生。"

"从某一方面来说,确实不能。但是,同样地,历史学家也需要用怀疑的态度来对待某位亲历者对事件的说辞。通常,那些着眼于未来的说辞最值得怀疑。"

"您可以这么说吧,先生。"

"而从行为也常常能推断出心理状态。一个暴君就很少用手谕下达铲除异己的命令。"

"您可以这么说吧,先生。"

"呃,我就这么说。"

这是他们舌战的确切内容吗?几乎肯定不是。然而,就他们的这一次舌战而言,这是我的最佳记忆了。

我们毕了业,约定毕生保持友谊,从此便各奔东西。不出任何人所料,艾德里安获得了剑桥大学的奖学金。我在布里斯托尔大学念历史;科林去了萨塞克斯,而亚历克斯则继承了父亲的生意。我们鸿雁往来,就像那个年代的人们——甚至是年轻人——所做的那样。但是我们对写信这一形式缺乏经验,因此在开始任何关键的内容之前,往往怀着很不自然的羞涩感。信的开头总是,"兹收到你发自17号的信函"，这种写法在相当一段时间里显得颇为机巧。

我们三人誓称，只要大家放假回家就一定相聚，可是并非总能如愿。书信往来仿佛已经重新调节了我们的能动关系。最初约定三人相互之间写的信越来越少，也越来越缺乏热情，而给艾德里安的信却始终热情洋溢，乐此不疲。我们都想要获得他的关注，赢得他的赞赏；我们对他献殷勤，有什么最精彩的经历总是第一个想告诉他；我们甚至都认为自己——而且理所当然地——和他的关系最为密切。尽管我们自己也在不断地结交新朋友，却总是试图说服自己艾德里安没有这样做：一厢情愿地认为我们三个仍然是他最亲密的朋友，而他也十分依赖我们。这是否只是为了掩盖我们无比依赖他的事实？

然后，生活接管了一切，时间也飞速前进。换句话说，我交了个女朋友。当然了，之前我也和几个女孩子交往过，但结果不是她们太过自信让我觉得自己笨拙木讷，就是她们的扭捏腼腆让我更加紧张不安。很显然，有某种神秘的阳刚密码可以从彬彬有礼的二十岁传给胆小不安的十八岁，而一旦掌握了这一密码，你就能和女孩子"调情"，甚至在某些情形中可以将她们"钓上床"。但我从来就没有学会或理解这招，也许至今仍然一窍不通。我的"技巧"在于没有技巧；而毫无疑问其他人会理所当然地认为这是无能的表现。一起喝一杯——跳个舞——让我送你回家——来杯咖啡？对我来说，即便是这样公认简单的老套泡妞法，也是一种虚张声势，是我干不出来的。我只会在女孩们身边晃荡，试着说些逗趣的话，然后估摸着自己会把事情搞砸。记得第一学期的时候，我在一次聚会上喝了点酒，有点感伤，这时一个女孩路过，同情地问我是否感觉还好，我没想到自己的回答竟然是，

"我觉得自己是个狂躁的抑郁者",因为在当时,这样的说法听起来比"我觉得有点伤感"更有个性。结果她却回答,"又是这套",然后立刻转身离去,这时我才意识到,自己的这一回答不仅不能让我从快乐的人群中脱颖而出,反而成了世界上最烂的泡妞用语。

我的女朋友名叫维罗妮卡·玛丽·伊丽莎白·福特,这一信息(我指的是她这一长串中名)是我花了两个月的时间才搞到的。她在攻读西班牙语,喜欢诗歌,父亲是个公务员。她身高大约五英尺二英寸,有一双肌肉发达的小腿,一头棕色的齐肩长发,蓝色的眼镜框后面藏着一双灰蓝色的眼睛,脸上带着转瞬即逝又有所保留的微笑。我觉得她很不错。好吧,我承认,任何女孩只要不躲避我,也许我都会觉得她很不错。我没有想告诉她自己感到很伤感,因为我并不伤感。她有一台黑箱电唱机,而我有台当塞特,而且她也比我更有音乐品位:就是说,她对我所钟爱的德沃夏克[1]和柴可夫斯基不屑一顾,却拥有一大堆唱诗班和民谣的密纹唱片。翻阅我收藏的唱片时,她的脸上有时会闪过一丝微笑,但更多的时候却紧皱眉头。即便是藏起了柴可夫斯基的《1812序曲》以及法国电影《一个男人和一个女人》[2]的原声唱片,我也无法幸免于难。她还没翻到我大量的流行乐藏品,就已经看到太多可疑的东西了:猫王,甲壳虫,滚石(当然,并不是说任何人都可以反对他们),但也有冬青树乐队,动物乐队,忧郁蓝调合唱团,以及两碟装的

---

[1] 德沃夏克(Antonín Dvořák, 1841—1904):19世纪捷克最伟大的作曲家之一,捷克民族乐派的主要代表人物。
[2] 《一个男人和一个女人》(*Un Homme et Une Femme*):1966年出品的一部法国电影。影片的同名主题音乐创作者为法国手风琴演奏家、电影配乐大师弗朗西斯·莱。

多诺万套装——《花朵致花园的礼物》。

"你喜欢这种东西?"她不动声色地问。

"很适合跳舞。"我回答道,心里有些防备。

"你听这个跳舞? 在这里? 在你的房间? 一个人?"

"不,也不是这样。"尽管事实上确实如此。

"我不跳舞。"她说,半是人类学家的口吻,半是想要为我们所处的关系模式划定规矩,如果我们以后会相恋的话。

我想我最好解释一下和某人"相恋"在那时候的含义,因为时代早已让这个词发生了很大的变化。最近我和一个女性朋友聊天,她说起她的女儿沮丧地去找她。这个女儿现在在上大学第二个学期,已经和一个男孩上了床,而这个男孩——公开地,她也是知情的——同时和另外许多女孩同床共枕。他的做法是,在决定到底和谁"相恋"之前,先进行试睡。女儿心烦意乱,但并非全然因为这一试睡制度——尽管她内心也隐隐觉得这种做法不公——而主要是因为她最终落选了。

这让我觉得自己仿佛是某种古老偏门文化的幸存者,它的信徒还在用刻好的萝卜当作可交换的货币。在"我那个年代"——不过当时我并没声称自己拥有那个年代,现在我就更不会了——通常的模式是这样的:你遇到一个女孩,你被她吸引,你试图获得她的芳心,你想邀她参加一两项社交活动——比如说,去酒吧——然后单独跟她约会,然后再跟她约会,接着在一个热情的晚安之吻后,你就可以算是正式地和她"相恋"了。只有在你半公开地表达你的忠诚之后,你才能了解她的性政策。有时候,这意味着她的身体会像专属捕鱼区一样戒备森严。

维罗妮卡和那个年代的其他女孩没有什么太大的不同。她们很愿意和你进行身体上的接触,公开挽着你的胳膊,一个劲地吻你直到面色绯红,甚至会有意识地将她们的乳房紧贴着你,前提是在肉与肉之间至少有五层左右的衣服相隔。不必言明,她们完全清楚你裤子里在搞什么勾当。相当长的一段时间都是这样,仅此而已。有些女孩也许尺度会大一些:听说有些会相互手淫,也有些会答应所谓的"完全性行为"。除非你已经经历了许多边缘性行为,不然你可没法理解这"完全"一词蕴含的重大意义。然后,随着关系的发展,会有某些隐秘的交易,有些是出于一时的兴致,也有些是建立在承诺和义务的基础上——达到了某位诗人所谓的"为一只戒指引发的争端"[1]的境界。

后来的几代人也许会将之归因于宗教约束或礼教束缚。但是,那些曾跟我有过边缘性行为的女孩们(是的,并非只有维罗妮卡一人)——或者说女人们——却对自己的身体甚感自在。而如果按照一定的标准,她们对我的身体也安适自如。顺便一提,我这么说并不是想要暗示边缘性行为不够兴奋,甚至让人泄气。此外,这些女孩已经比她们的母亲要开放许多了,而我所得到的也比我的父辈们多得多。至少我自己是这样认为的。再说了,有一点总比什么都没有的要好。只是,在那段时间里,科林和亚历克斯都搭上了没有任何禁区政策的女朋友——或者说他们是这么暗示的。不过在当时,对于性这一话题,没有人吐露全部实情。因此在这方面,世界并没有怎么改变。

---

[1] 菲利普·拉金的诗歌《奇迹迭出的一年》("Annus Mirabilis")中的一句诗行。

为了打消你心中可能的疑虑,我得说明我并不是完全意义上的处男。在从高中到大学期间,我有过几段具有启蒙意义的恋爱插曲,带来的刺激比留下的标记要深刻得多。因此,这随后发生的一切让我觉得越发古怪:你越是喜欢一个女孩,你们两个越是相配,也许你能和她做爱的概率就越小。当然了,除非——而这个想法我到后来才说出口——是我自己身上有某种特质,总会吸引那些会说不的女人。可是,这样有违常理的天性可能存在吗?

"为什么不行?"我问道,这时候总是有一只手摁住我手腕,表示拒绝。

"总感觉不对。"

这些对话总能在许多嘶嘶作响的取暖炉旁听到,跟啸叫的开水壶一唱一和。而争论的焦点不在于"感觉",因为女人是感觉专家,男人只是粗俗的初学者。因而,"感觉不对"这句话比教义或母亲的忠告更具说服力,愈加无可辩驳。你们也许会问,但那不是 60 年代吗?是的,但那只是某些人才这样,只有这个国家的某些地方才如此。

与我的唱片收藏相比,我的书架在维罗妮卡看来就顺眼多了。在那些时日,平装书以它们传统的装扮出现在书架上:橙色的企鹅是小说,蓝色的鹈鹕是非小说。如果书架上蓝色比橙色的多,则证明你是个认真严肃之人。总的来说,我拥有了一个个响当当的名字,足以说明这点了:理查德·霍加特,史蒂文·朗西曼爵士,赫伊津哈,艾森克,燕卜荪……外加约翰·罗宾逊主教的《忠诚上帝》,就放在我的拉里卡通书系列旁边。维罗妮卡以为这些书我全都读过,因此对我大加赞赏，殊不知那些破损最严重的其实是淘来的二手书。

　　她自己的书架上放着许多诗集，有些是大部头，有些是薄薄的小册子：艾略特，奥登，麦克尼斯，史蒂维·史密斯，汤姆·冈恩，泰德·休斯。也有奥威尔和凯斯特勒的左翼读书俱乐部版本，一些用小牛皮封面装订的19世纪小说，几本阿瑟·拉克姆的儿童插画册，以及她的慰藉之书《我的秘密城堡》。我一刻也没怀疑过这些书她全部看过，也认定这些全是值得拥有的书。不仅如此，这些书简直就是她思维和人格的有机延续，而我收藏的书则让我觉得自己功能分裂，全都诠释了一种我憧憬的人格。这一差异让我陷入了些许的惊恐之中，而就在我浏览她放满诗集的书架时，我借用了菲尔·狄克逊说过的一句话。

　　"当然，我们都很想知道泰德·休斯没动物可写了会怎么样。"

　　"是吗？"

　　"有人这么说过。"我无力地回答。这话从狄克逊的口中说出来是那么诙谐老到；而从我的口中说出，却只能显得滑稽可笑。

　　"诗人不会像小说家那样才思枯竭的。"她教导我，"因为他们不像小说家那样依赖各种素材。而你却把他当成某种动物学家来看待，不是吗？但就算是动物学家，也不会厌倦动物，是不是？"

　　她看着我，一条秀眉挑起，越过眼镜框。她只比我大五个月，但有时让人觉得差了五年。

　　"这是我的英语老师告诉我们的。"

　　"好吧，既然你现在已经是个大学生了，我们就必须让你学会自己思考，对吧？"

"我们"一词中包含了某种意味,让我觉得也许自己也没有弄错所有的事情。她只是想让我变得更好——而我又怎能拒绝这番好意?起初,她问了几件事,其中一个问题就是我为什么要把手表戴在手腕内侧。我无法明确说出理由,所以只好把手表转了个圈,让表面朝外,就像普通成年人那样。

我按部就班,心满意足,一有空余时间就和维罗妮卡待在一起,然后回到学生宿舍,幻想她在我身下两脚分开或是跨在我的身上,然后开始肆无忌惮地自慰。每天和她亲密接触,让我无比自豪地了解了各种化妆和穿衣常识,了解了女用剃须刀,以及女人月事的神秘和种种后果。我发现自己很羡慕这件事,因为它如此有规律地提醒了女性独具的特征,与伟大的自然循环息息相关。我试图解释这种感觉时,也许用词就像以上的描述那样糟糕透顶。

"你只不过是把自己所没有的东西理想化罢了。这件事的唯一用处,就是告诉你你没有怀孕。"

考虑到我们的关系,她这么说让我觉得略有些鲁莽。

"嗯,但我并没有希望我们生活在拿撒勒[1]。"

说完这句,我们两个都陷入沉默,这是情侣们在不希望就某事展开讨论时心照不宣的表现。有什么好讨论的?也许,只是没有明确文字记载的交易条款而已。就我而言,我们没有上床这一事实使我不用去考虑我们的关系本身,而只是和一个女人的亲密共谋,而对交易另一方的她来说,她也不会去问男方这段关系将会通往何方。至少,这

---

[1] 拿撒勒:耶稣基督的故乡。在那里,天使加百利告诉马利亚,她将因圣灵怀孕。

是我所认为的交易内容。但我对大部分事情的理解都会出错,不管过去还是现在。比如说,为什么我会认定她是个处女?我从没有问过她,她也从来没有告诉过我。我之所以认为她是处女,只是因为她不肯和我上床:这是哪门子的逻辑?

某个假期的周末,我受邀去和她的家人见面。他们住在肯特郡的郊区,远在奥尔平顿一带,那儿,在最后关头,终于不再用钢筋水泥浇灌自然,从此就沾沾自喜地称自己为田园乡村。坐在从查令十字车站始发的火车上,我开始担心起自己的行李箱来——这是我唯一的一只皮箱——这箱子实在是太大了,使我看起来活像个意欲闯空门的窃贼。到了车站,维罗妮卡把我介绍给她的父亲,他打开车后盖,接过我手中的行李箱,哈哈大笑。

"看起来你好像打算要搬过来住下呢,小伙子。"

他体形肥胖,满面红光;让我十分厌恶。那一口臭烘烘的是酒气吗?在这个时间喝酒?这么粗俗的老头怎么能养出这个像精灵一般的女儿?

他驾着亨伯超级猎鹬车,一路上连连叹息,对别人的傻气大发牢骚。我一个人坐在后座。偶尔,他会指出路边某些景物,好像是对我说的,但我也无法肯定我是否应该对此做些回应。"圣米迦勒修道院,用砖头和燧石造的,在维多利亚时代得以修复大半。""这是我们自己的皇家咖啡馆——瞧!""注意看你右边,那是著名的酒馆,是半露木架结构。"我朝着维罗妮卡的侧脸看,试图得到些暗示,但却一无所获。

他们住在一幢红砖铺瓦的独立房子里,门前还有一条碎石路。福特先生打开前门,不知对着谁大声吼道:

"这孩子准备来住上一个月。"

我注意到深色的家具上有一层厚重的反光,还有一盆华丽的盆栽植物,叶子上也反射着厚重的光泽。仿佛为了体现久远的好客礼节,维罗妮卡的父亲一把抓起我的行李箱,然后以一种夸张搞笑的费力姿态,把箱子拎上阁楼,扔到了床上。然后他指着一个有排水口的水池。

"晚上你要是想尿尿了,就尿在这里。"

我点头回应,不知道他这样的表现究竟是想展示男人之间的友好,还是把我当成了下等阶级的人渣。

维罗妮卡的哥哥杰克是个一眼就能看透的人:身体健康、热爱运动的年轻人,喜欢嘲笑一切事物,喜欢捉弄自己的妹妹。他对我的态度,就好像我是什么珍奇古玩似的,而且我绝非是第一个被拿来展示的人。维罗妮卡的母亲对周围的小插曲都视若无睹,询问我的学习情况,还老是钻到厨房里。我猜她实际上应该四十岁出头的年纪,尽管看上去显然已经和她丈夫一样年过半百。她看上去并不太像维罗妮卡:一张宽阔的脸庞,头发用丝带绑在额头上,身材稍稍高于一般人。她身上有某种艺术气息——五彩斑斓的围巾,心不在焉的态度,嘴里哼着歌剧咏叹调,或是这三者兼而有之——离得太远,我无法确证。

当时我应该相当局促不安,整个周末都处于便秘的状态:这是我最主要的真实记忆。剩下的只有各种模糊的印象和含糊的记忆,因此这些回忆可能有些个人偏见吧:比如,尽管是维罗妮卡自己邀请我上她家度假，但一开始她却仿佛站在家人那边，和他们一起观察审视我——尽管我还无法就此判断，这一切是我局促不安的原因还是后果。周五吃晚饭时，他们问了我许多问题，考察我在社交和智识方面的水准；我感到自己活像个在法庭接受审讯的罪犯。之后，我们看了会儿电视新闻，非常尴尬地讨论世界大事，直到就寝时间。如果这一切发生在小说里，等家长关门睡觉之后，情侣之间免不了要偷偷溜进彼此的房间来个热烈的拥抱。但我们并非小说人物；第一晚，维罗妮卡甚至都没有给我晚安之吻，也没有以毛巾什么的为借口，跑来看看我是否还需要些什么东西。也许她是怕被她哥哥抓到把柄作为笑料。所以我脱了衣服，洗漱完毕，怒气冲冲地往水池里尿尿，然后穿上睡衣，躺在床上很久都睡不着。

第二天，我下楼来吃早饭，发现只有福特太太一个人在。其他人都去散步了，因为维罗妮卡跟大家说我肯定要睡懒觉的。我当时一定没掩饰好自己对此的反应，因为我能感觉到，福特太太边准备培根鸡蛋边仔细打量我，她漫不经心地煎着鸡蛋，打破了一个蛋黄。我对于如何与女朋友的妈妈谈话毫无经验。

"你们住在这里很久了吗？"我终于开了口，尽管我早就知道问题的答案。

她停了下来，给自己倒了杯茶，把另一个鸡蛋敲破扔进平底锅，身子向后靠在一个堆满碗碟的橱柜上，说：

"不要总让维罗妮卡占你便宜。"

我不知道该如何回答。我该对这种干涉我们关系的行为感到生气呢，还是该从实招来，开始"讨论"维罗妮卡？于是，我有点拘谨地问道：

"您这话什么意思,福特太太？"

她看着我,随和地微微一笑,她轻轻摇了摇头,然后说道："我们在这里住了十年了。"

因此直到最后,她仍旧和其他家庭成员一样,对我来说都是一团谜,但至少她看起来还挺喜欢我。她大方地往我盘子里又加了一个蛋,尽管我并没有开口要,也并不想吃。打破的鸡蛋残骸仍旧在锅里躺着；她随意地把这些残留物拨到垃圾桶里,然后把滚烫的油锅扔进水槽。冰凉的水冲在锅里,发出嘶嘶的响声,一团蒸汽冒了上来,她哈哈大笑,好像对这小小的破坏行动感到非常得意。

维罗妮卡和男人们回来时,我估计会有新一轮的审查,甚至某种把戏或是游戏；然而他们却十分礼貌地询问我昨晚睡得如何,在这里是否过得舒坦。这本应该让我觉得自己已经被他们所接受,但却更像是他们已经对我心生厌烦,而这个周末也仅仅是必须和我共度的时间而已。也许这一切只是我的多疑罢了。但从乐观的一面来看,维罗妮卡的亲昵举动表现得更为公开；喝茶的时候,她也很乐意把手放在我的胳膊上,手指把玩着我的头发。她还一度转头对她哥哥说：

"他还算可以吧,是不是？"

杰克朝我眨眼使了个眼色；我没有眨回去。恰恰相反,我总感觉自己好像偷了毛巾,或是满脚泥泞地踩在他们的地毯上。

不过,总体而言,一切还算正常。那天晚上,维罗妮卡领着我上楼,终于正儿八经地给了我一个晚安吻。周日午餐时,有一大块烤羊羔,上面伸出无数迷迭香的小枝,仿佛几株圣诞树。我好歹也是懂礼貌的人，因此说这羊肉好吃得无与伦比。然后我又看见杰克朝他老爸使眼色，好像在说：真是会拍马屁。但是福特先生开心地咯咯笑道："听听，听听，提案赞成。"而福特太太则对我表示了感谢。

等我下楼告别时，福特先生抓住我的行李箱，对他妻子说："我想你应该数过勺子的数量了，没少吧，亲爱的？"她根本懒得回答，只是对我微笑着，好像我们俩有什么秘密似的。杰克没有露脸向我告别；维罗妮卡和她父亲坐进了车子前座；我继续独自坐在后排。福特太太靠在门廊上，头顶上方爬满外墙的紫藤上洒满了阳光。就在福特先生发动汽车时，我向福特太太挥手告别，她也做出了回应，但不是像普通人那样抬起手掌挥舞，而是在腰部位置进行水平摆动。我真后悔自己没有和她多聊点。

为了防止福特先生再次向我介绍奇斯尔赫斯特的种种奇观，我对维罗妮卡说："我喜欢你妈妈。"

"听起来好像你有情敌了，维罗。"福特先生戏剧性地倒抽一口气，"仔细想一想，好像我也有情敌了。破晓时分决斗吧，好小子？"

我的火车晚点了，原因是周日例行的铁路工程工作。傍晚时分，我到了家。我记得自己终于痛痛快快地拉出了积存一个周末的大便。

差不多一周之后，维罗妮卡进城来了，这样我就能把她介绍给高中时的老朋友。那天我们漫无目的地瞎逛，没有人想要为行程负责。我们在泰特现代艺术馆附近转悠，然后到白金汉宫，进了海德公园，朝公园里的演讲角走去。可不巧，没有人在演讲，于是我们又漫无目的地沿着牛津街闲逛,浏览两边的商店,最后来到了特拉法尔加广场[1]的狮子雕像旁。任何人都会认为我们是一群观光客。

一开始,我在观察我的朋友对维罗妮卡的反应,但很快就对她对于他们的想法产生了更多兴趣。科林的笑话比我的笑话更能把她逗乐,这让我感到有些恼火;然后她又问亚历克斯他父亲的发家史(海上保险,他告诉她,这让我感到很惊奇)。她好像很乐意把艾德里安放在最后。我曾告诉过她他在剑桥读书,因此她不停地拿各种名人的名字出来问他。对于其中一些名字,他点头说:

"是的,我认识他们这类人。"

这说法在我听来相当不礼貌,但维罗妮卡好像并不在意。不仅如此,她开始继续谈论各种大学、指导老师和小吃馆,这让我觉得自己成了局外人。

"你怎么会对那里那么熟悉?"我问。

"杰克就在那里。"

"杰克?"

"我哥哥——还记得吗?"

"让我想想……是不是比你父亲年轻的那位?"

我自觉这笑话还不赖,可是她却连个微笑都懒得给。

"杰克在那里学什么?"我问,试图弥补刚才的失误。

"伦理学。"她回答道,"和艾德里安一样。"

我真想对她说,我知道艾德里安该死的在读什么,谢谢您了。但

---

[1] 特拉法尔加广场:位于伦敦市中心的一处著名广场,广场最突出的标志是南端的纳尔逊纪念柱,以此纪念英国历史上的海军上将纳尔逊勋爵。

我没有这么做,生了一会儿闷气,之后开始和科林讨论起电影来。

傍晚时分,我们拍了照;因为她说想要一张"和你朋友在一起的照片"。他们三人礼貌地排成一列,但她却将他们重新排列了一遍:艾德里安和科林,两个最高的分别站在她的两边,亚历克斯则站在科林旁边。冲印出来的照片中,她看起来比实际上显得更为娇小。许多年后,当我重新审视这张照片,寻找答案时,不禁想到她从来都不穿任何高度的高跟鞋。我在别处读到过这样的话,如果你想让别人认真听你说话,不要提高音量,而应该降低音量:这才是唤起注意的真正有效的方法。也许,同样地,她玩的是身高的诡计。尽管她究竟是不是故意为之还不得而知。我和她约会的时候,仿佛她的所有行动始终出于本性。但当时,我对于女性也许会巧妙操纵男人的说法一概嗤之以鼻。这也许能让你更多地了解我,而不是她。而即使要我在人生的晚年得出结论,说她确实一直都么精于算计,我也不认为这一点能够帮助解决问题。我所说的"帮助解决问题",意思是:帮到我。

我们陪她走到查令十字车站,以一种模仿英雄的滑稽姿势向她挥手告别,仿佛她要搭车前往的地方不是奇斯尔赫斯特,而是撒马尔罕[1]。然后,我们坐在车站旅馆的酒吧里,喝着啤酒,觉得自己特成熟。

"好女孩。"科林说。

"非常好。"亚历克斯补充道。

"从哲学上说,这是不言而喻的!"我几乎是喊出了这句话。好吧,我承认我有一点过于激动。我转向艾德里安。"有没有比'非常

---

1 撒马尔罕:乌兹别克斯坦旧都兼第二大城市,中亚历史名城。

好'更高级一点的词?"

"你应该不需要我来祝贺你吧,安东尼?"

"需要,该死的我为什么会不需要?"

"那显然我要祝贺。"

但他的态度好像在批评我对关注的渴求以及其他两位的刻意迎合。我感到有一点惊慌;我不想这一天就此消散。尽管现在回想起来,开始消散的并不是这一天,而是我们四个人的关系。

"那你有没有在剑桥碰到过杰克兄?"

"我没有见过他,没有,没有期望见到他。他已经读大四了。但我听说过他,也在一本杂志上读到过有关他的文章。也知道经常跟他在一起的人,是的。"

他显然想在这个话题上就此打住,但我可不会让他轻易得逞。

"那你认为他是个怎样的人?"

艾德里安停顿了一会。他喝了一口啤酒,然后用突如其来的愤怒语气说:"我痛恨英国人对于应该严肃的事情一点不严肃。我真的痛恨极了。"

要是换一种心境,也许我会把这句话当成对我们三个的沉重打击。但在当时,我感到的只是一种沉冤的震动。

整个大二,我和维罗妮卡继续交往。有一天晚上,也许有些醉了,她破例让我把手伸进她的内裤里。我的手在里面四下乱摸,感到豪情满怀。她不让我把手指放进她的体内,但是从第二天开始,我们默默地发现了一种可以给彼此快感的方法。我们会躺在地板上亲吻。我摘下手表,卷起左袖,把手伸进她的内裤,慢慢地把裤子拉下至她的大腿处;然后我把手摊平放在地板上,她则用两股之间摩擦我的手腕,直到高潮。一连几个礼拜,我觉得自己技艺高超,但当我回到自己寝室自慰时,心里却会愤愤不平。现在,我已陷入了怎样的交易?更好,还是更糟?我又发现了某些我无法理解的东西:我本来以为这样能让自己与她更为亲近,但事实却并非如此。

"那么,你是否想过我们的关系将会朝哪儿发展?"

她就这样脱口而出,突如其来地。她是到我这来喝茶的,顺便带了几块切片水果蛋糕。

"你想过吗?"

"这问题是我先问的。"

我暗自思量——也许这么想有失绅士风度——难道这就是你终于让我把手伸进你内裤的原因吗?

"必须得有某个目的地吗?"

"恋人关系不是都会这样发展吗?"

"我不知道。我没那么多经验。"

"听着,托尼。"她说,"我不会停滞不前的。"

我思考了片刻,或者说试图思考。但我眼前只能浮现出一潭死水的画面,上面漂着厚重的泡沫,蚊蝇丛生。我意识到自己实在不擅长讨论此类问题。

"这么说,你觉得我们已经停滞不前了?"

她又做出那副眉毛挑高到镜片之上的动作,但我已经不觉得这一举动有什么可爱之处了。我继续说道:

"在停滞不前与通向某个目的地之间难道就没有过渡地带了吗？"

"比如说？"

"比如说在一起度过美好的时光。尽情享受每一天和一切？"但这些话却让我开始怀疑自己究竟是否还在尽情享受每一天。我还忍不住想：她究竟想让我说些什么？

"那你觉得我们在一起合适吗？"

"你总是问我一些问题，好像你知道答案或者好像你知道你想要什么答案。那你干吗不告诉我答案到底是什么，然后我会告诉你我是否也是这么想的？"

"你真是个胆小鬼，不是吗，托尼？"

"我觉得更合适的词是……温和派。"

"好吧，我并不想干预你的自我形象定位。"

我们吃完了茶点。我把剩下的两片蛋糕包了起来，放在饼干盒里。维罗妮卡没有吻我的嘴唇，只是吻了吻我的嘴角，然后离开。在我的印象里，这应该就是我们关系破裂的开始。或者说我故意这样想以便让事情看上去正是如此，好把分手的责任推给她？如果让我在法庭里就发生的事情和说过的话做证，我所能证实的只有"发展""停滞不前""温和派"这几个词。我从来没有认为自己是个温和派——抑或是温和派的反面——直到那一天开始。同样我也可以发誓证明饼干盒的真实性；那是个酒红色的锡盒，上面印有女王微笑的头像。

我并不想让人以为我在布里斯托尔唯有学业和约会，但我实在不记得还有别的什么事儿。我唯一所能忆起的——只有一件事,清晰无误——是某天晚上亲眼看见塞文河的涌潮。当地报纸曾经刊登过一张时刻表,告诉大家最佳观潮点和观潮时间。但我第一次前去观看时,河水并没有遵照时间表的指示。然后某天晚上,在敏斯特沃斯,我们一干人在河岸上一直等到午夜之后,终于,等待获得了回报。在接下来的一两个小时中,我们目睹河水悠悠流向大海,一切美好的河流莫不如此。月亮时断时续的柔弱光线洒在河面上,偶尔伴随着手电筒强光的照明。接着是一阵窃窃私语,然后众人引颈瞭望;河水仿佛改变主意,一道两三英尺高的波浪向我们奔涌而来,两岸间的河水一路突破,此时大家潮湿、寒冷的心绪一扫而空。这奔涌的激流对我们毫无保留,在我们身边奔涌而过,然后翻滚着远去;我的几个朋友追赶着浪头,大声呼喊着,诅咒着,在波浪翻滚着卷过时不禁失去重心而跌倒;我一个人站在河岸上。我觉得自己实在无法确切描述当时那一幕带给我的震撼。这并非像龙卷风和地震那样(当然这两样我都没有亲眼看见过)——大自然狂暴凶猛,极具毁灭性,让我们搞清楚自己几斤几两。眼前的情景更加令人不安,因为这一切看上去让人有一种隐隐的不妙之感,仿佛有人在按压宇宙中一根小小的杠杆,而自然和时间就在此时此刻被一起掀翻。在漆黑的午夜时分目睹这样的奇观,让这一切显得更加神秘,更加超凡脱俗。

我们分手以后,她和我上了床。

是的,我知道。我就知道你们会想:这个可怜的笨蛋,他怎么没想到这一点?但是我确实没想到。我以为我们结束了,我发现自己对另一个女孩(一个正常身高的女孩,聚会时会穿高跟鞋)颇感兴趣。我从来都没想到会发生这一切:无论是我和维罗妮卡两人在酒吧相遇(她并不喜欢酒吧),还是她让我送她回家,或是她半路停下和我接吻,或是我们走进她的房间,我打开灯而她又立刻把灯关上,或是她褪下内裤递给我一盒杜蕾斯,甚至是当她从我笨拙的手中抽出一个套戴在我的小弟弟上时,或者在整个匆匆完事的过程中。

是的,你可以再说一次:你这可怜的笨蛋。在她为你戴上安全套的时候,你还会认为她是个处女吗?但你知道,奇怪的是,我确实还那么想。我觉得这也许是女性的本能技巧之一,而我显然缺乏这种技巧。唉,也许真是这样。

"你拔出来的时候要坚持一下。"她在我耳边低语(也许她认为我是个处男?)。然后我起身,走进浴室,胀得满满的安全套偶尔拍打着我的大腿内侧。我丢掉套子,做了个决定,并得出结论:不,这一切结束了,不再继续了。

"你这个自私的混蛋。"下一次见面时,她对我说。

"是的,呃,确实。"

"那简直就是强奸。"

"我认为没有任何事实可以说明这点。"

"嘿,那你就算是为了礼貌也该事先告诉我嘛。"

"之前我还不知道。"

"噢,有那么糟糕吗?"

"不,非常好。只是……"

"只是什么?"

"你总是让我考虑我们的关系,所以现在也许我考虑好了。我确实考虑过了。"

"非常好。这对你来说一定很艰难。"

我暗自思忖:两人相处都这么久了,我甚至都没有见过她的乳房。我已经摸过,但是还没有见过。此外,她对于德沃夏克和柴可夫斯基的看法也是完全错误的。不仅如此,现在我大可以放我的《一个男人和一个女人》的唱片了,爱放多久放多久。光明正大地。

"不好意思,你说什么来着?"

"天哪,托尼,你现在竟然都无法集中精神了。看来我哥哥对你的说法的确没错。"

我知道我应该问她杰克兄到底说了些什么,但我不想让她得逞。看我保持沉默,她继续说道:

"不要说那句话。"

生活看起来比平常更加像猜谜游戏。

"哪句话?"

"什么我们以后还能做朋友。"

"我应该这样说吗?"

"你应该说的是你的想法,你的感受,看在上帝的分上,你的意愿。"

"好吧。既然这样我就不说了——不说我本该说的话。因为我并不认为我们仍然可以做朋友。"

"干得好。"她语带讽刺地说,"干得好。"

"但是让我再问你一个问题。你和我上床是为了跟我复合吗?"

"我不需要再回答你的任何问题了。"

"既然如此,你为什么不在我们交往的时候和我上床?"

没有回答。

"因为你用不着这么做?"

"也许我只是不想。"

"也许你不想只是因为你用不着这么做。"

"好吧,你可以相信任何你愿意相信的事情。"

第二天,我把她曾送我的一只奶盅放到了牛津饥救会的商店里。我希望她能在窗户里看到它。但等我前去查看的时候,却发现货架上有一样东西取代了这只奶盅:一张小幅奇斯尔赫斯特彩色印刷画,那是我以前送给她的圣诞礼物。

至少我们学的是不同学科,布里斯托尔也是个够大的城市,不至于让我们时常碰面。而每当我们碰面时,我就会被一种只能称为预备罪恶感的感觉所笼罩:总是料想她会说些或是做些让我感到愧疚的事情。但她根本不屑于跟我说话,所以这一忧虑也就逐渐消失了。我告诉自己,我不必为任何事情感到愧疚:我们都差不多是成年人了,应该对自己的行为负责,只不过自由地步入了一段关系,最终没有结果而已。既没有人怀孕,也没有人死去。

暑假的第二周,我收到一封盖着奇斯尔赫斯特邮戳的信。我仔细观察信封上陌生的笔迹——字迹圆润,略有些潦草。出自一名女性之手——是她的母亲,绝对没错。又一阵预备罪恶感:也许维罗妮卡精神崩溃了,变得形容枯槁,甚至更加瘦小。也许她得了腹膜炎,现在正在医院里期盼我的到来。也许……但即使是我也知道这些只是妄自尊大的想象而已。这封信确实来自维罗妮卡的母亲;内容十分简短,而让我惊讶的是,信里没有半点指责之意。她听说我们分手了感到很遗憾,并且肯定我会找到一个更加合适的女孩。但她好像并非意指我是个恶棍,只配找个和我一样品行低劣的女人。恰恰相反,她另有暗示:我及早脱身是明智的选择,并送我最美好的祝愿。我真希望自己还留着那封信,因为这可以成为证据、铁证。然而,现在,唯一的证据只能来自我的回忆——一个无忧无虑、生气勃勃的女人,不小心打破了一个鸡蛋,又给我另外煎了一个,并且告诉我再也不要受她女儿的气。

我回到布里斯托尔,继续我最后一年的学业。那位身高正常、穿高跟鞋的女孩并没有像我想象的那么上心,于是我就一心扑在了学业上。我很怀疑自己有拿一等成绩的头脑,但下定决心非拿二等一级不可。每周五晚上,我就会放纵自己,到酒吧里轻松一宿。有一次,有个一直在跟我聊天的女孩和我一起回宿舍过夜。一切都很愉悦、兴奋、销魂,但那之后我们两人谁也没有联系对方。当时我并没有像现在这样关注这个问题。我觉得这种纯粹娱乐性的行为在后人看来一定稀松平常,不论是对今天的人来说还是对当时的人来说都是如此:毕竟,"当时"指的不就是60年代吗?是的,没错,但正如我所说,这取决于你在哪里,以及你是怎么样的人。如果你听一堂简短的历史课就明白了:大部分人直到70年代才经历所谓的"60年代"。这也意味着,从逻辑上来说,大部分人在60年代时,实际上是在经历50年代——或者说,就我而言,两个时代都各沾了一点边。这就把事情搞得相当纷乱迷惑了。

逻辑:是啊,逻辑在哪里?比如说,在我的故事的下一个时间点到来时,它在哪里?在我最后一年的大学生活大约过半时,我收到了艾德里安的一封信。这是极为罕见的,因为我们两个都在忙着准备期末考试。当然,他肯定是准备拿一等的。一等之后呢?也许是研究生的学习,之后就是研究院,或者在某个公众领域谋个职位,可以让他的头脑和责任感派上用场。有人曾经告诉我,公务员(或者至少是高级公务员)是一个令人神往的职业,因为你得一刻不停地做出道德选择。也许,那挺适合艾德里安的。我确然认为他不是个老于世故或是热爱冒险的人——当然在学术领域除外。他不是那种喜欢让自己的名字或头像印在报纸上的人。

你们也许会猜到我是故意拖延时间,不想告诉你们接下去那件事。好吧:艾德里安写信来,是想告诉我他想跟维罗妮卡交往,希望能征得我的同意。

是啊,为什么是她,为什么是这个时候;还有,为什么要问我?事实上,如果忠实于我自己的记忆,如果有这个可能的话(这封信我也没有留下),他说的是他和维罗妮卡已经在一起了,事态惊人,毫无疑问迟早会传到我的耳朵里;因此,看起来最好的办法是我先从他本人那里得知这件事。此外,尽管这件事也许会让我相当意外,他希望我能够理解并接受这一切,因为如果我无法接受,他就等于背弃了我们的友谊,因此就要重新考虑他的行为和决定。最后,维罗妮卡也认为他应该写这封信——事实上,这一大半都是她的建议。

正如你能想象的那样,我很欣赏他有关道德顾忌的那一套路——其隐含之意是，如果我认为他的做法破坏了庄严的骑士风范，或者，更好的说辞是，破坏了某种现代伦理原则，那么，他就会自然而然地并且合乎逻辑地不再和她上床，当然前提是假定她并没有像愚弄我那样愚弄他。我也很喜欢这封信的伪善之处，其目的并非仅仅在于告诉我一件我也许还没发现的事情（或者说很长一段时间里不会发现的事情），而是想让我知道，她，维罗妮卡，是如何以旧换新的：换成了我最聪明的朋友，不仅如此，还是个剑桥生，就像杰克兄那样。同时，也为了警告我：如果我打算去见艾德里安，她也会悠然到场——很明显，这是想让我不要和艾德里安见面。花了一天或是一晚上的工夫想到这么一招，已经相当不错了。不过，我得再度声明，这是我现在对当时发生的一切的解读。或者，更确切地说，是我现在对于当初所发生的一切的解读的记忆。

但是，我觉得我有一种生存的本能，一种自我保护的本能。也许这就是维罗妮卡所说的胆小吧，但我称之为温和。不管怎样，有种感觉警告我不要掺和这件事——至少不是现在。于是我顺手拿了张离我最近的明信片——上面印着克利夫顿悬索桥——写下了这样的话："兹收到你发自 21 号的信函，本人向你表示衷心的祝贺，并希望借此告诉你我一切均好，老朋友。"愚蠢透顶，但并非含糊暧昧；这应该可以暂时抵挡一阵了。我会假装——尤其是对我自己——假装我一点都不在意。我会努力学习，控制自己的感情，不再从酒吧带任何人回家，有需要的时候就自慰，确保自己获取应得的学位。我一切如愿以偿（而且，我确实得了二等一级）。

考试结束之后,我又继续在学校待了几个星期,和一伙不一样的朋友厮混,隔三岔五地喝酒,嗑点大麻,几乎什么都不想。除了在脑海里想象维罗妮卡可能会对艾德里安说我的坏话("他夺走了我的贞操,然后又立刻把我甩了。所以,这一切简直就像强奸,你明白吗?"),我想象她在讨好他——我已目睹这一切的开始——在奉承他,在竭尽所能地利用他的伟大前程。正如我所说,艾德里安不是一个老于世故的人,尽管他学术成就斐然。因此,他的那封信才会那么古板拘执,我常常得自艾自怜地反复重读。这样,等我终于得体地回信时,我完全抛开了那愚蠢如"信函"一样的字眼。如果我没记错的话,我把自己对他们在一起的种种道德顾忌的想法一一告诉了他。同时我还告诫他要小心,因为在我看来,维罗妮卡很早以前一定受过伤害。然后我祝他好运,并在一个空壁炉里把他的来信给烧了(这是相当恶俗的桥段,我同意此说,但我希望能以年轻为由为自己的这一行为开脱),决定从现在开始将这两人永远逐出我的生活。

我所说的"伤害"是什么意思?那只是我的猜测;我并没有任何确凿证据。但每次回顾那个不愉快的周末时,我都觉得那远不只是一个天真的小伙子发现自己身处较为上层、擅长社交的家庭时所感到的局促不安。当然这种感觉也有。但是我可以感觉到维罗妮卡和她那粗手笨脚的父亲串通一气,她父亲觉得我配不上他女儿。维罗妮卡与杰克兄也一个鼻孔出气,她显然觉得杰克兄的人生和举止是无可匹敌的:她公然询问大家对我的看法时,他就被委任为法官——而这个问题每重复一次就更加显出她的屈尊俯就——"他还算可以吧,是不是?"另一方面,我在她母亲身上却没有发现任何共谋之处,她无疑对自己女儿的为人了如指掌。福特太太是如何抓住第一次机会警告我小心她女儿的?是因为那天早上——我到达以后的第一个早上——维罗妮卡告诉所有人我想要睡懒觉,然后就与她的父亲和哥哥一起走了。那是胡说八道,我从来没跟她提过睡懒觉的事。我从来都不睡懒觉,甚至连现在都没这习惯。

写信给艾德里安时,我根本不清楚自己所说的"伤害"是什么意思。现在大半辈子过去了,我也只是比以前稍微清楚了一点。我的岳母(很高兴她并没有出现在这个故事中)并没有多瞧得上我,但至少她对此非常坦诚,正如她对其他事情的态度一样。她曾经评论说——当时她看到报纸上和电视新闻里又出现一例关于虐待儿童的案例——"我估计我们全都被虐待过。"我是在暗示维罗妮卡就是当今人们称为"不当行为"的受害者吗——洗澡时或是睡觉时,父亲醉醺醺地在旁边色眯眯地斜眼打量她,或是和她的哥哥之间有超越兄妹之情的搂抱?我怎么知道?是她第一次体会到失去的滋味,是在她最需要爱的时候却没有得到,还是偶尔听到的父母吵架声让孩子觉得……?但这一切我还是无从得知。我没有证据,没有八卦消息,也没有文字记录。但我记得老乔·亨特和艾德里安争论时说过的话:可以从一个人的行为推测出他的心理状态。有史为证——亨利八世什么的,不一而足。而在个人生活中,我觉得这句话应该反过来说:你能从一个人目前的心态推测出他过去的行为。

我当然相信我们全都遭受过某种形式的伤害。除非生活在一个完美父母、完美兄妹、完美邻居和完美伙伴的世界里,不然怎么可能不受到伤害呢？那么接下来就有一个问题，这个问题很大程度上依赖于我们到底如何回应伤害：我们是容忍它还是压抑它，而且这会如何影响我们与他人交往。有人容忍了伤害，并尽量让伤害度降到最低；有人花费毕生精力帮助其他受到伤害的人；而还有一些人，他们最关心的是不让自己将来再受到伤害，不管那会付出怎样的代价。而这些就是那些冷酷无情、需要小心应对的人。

你也许会觉得这一切都是扯淡——说教味浓厚、企图为自己辩白的扯淡。你也许会觉得我对维罗妮卡的行为就像个典型的乳臭未干的毛头小子，而我得出的所有"结论"都应该是截然相反的。比如说，"我们分手以后，她和我上了床"很容易就能反转成"在她和我上床之后，我和她分手了"。你也许会认定福特家只是个普通的英国中产阶级家庭，我只是随意胡编乱造了一些关于伤害的理论强加在他们头上；而福特太太也并非巧妙地关心我，而只是显露了对自己亲生女儿的粗鄙的嫉妒心而已。你甚至可能会要我把我的"理论"运用在自己身上，让我解释我在很久以前受过怎样的伤害以及可能导致的后果：比如说，它会如何影响我的可信度和真实性。说句实话，我还真不敢确定我可以回答这一问题。

我并没指望艾德里安会回信，事实上我也确实没有收到回信。现在，要和科林与亚历克斯见面这件事已经变得不太有吸引力了。我们已经从三个人发展到了四个人，现在怎么可能再回到三个人的时候？如果有人要拉拢别人组建自己的小圈子，好，那就请便吧。我也得继续过自己的日子。而我也确实这么做了。

同龄人中有人去做了海外服务志愿者，出发到非洲，在那里教书、砌土墙；我可没那么高的境界。此外，在那个年代，人们都认为一个体面的学位意味着一份体面的工作，这是迟早的事。"时——间——在我这一边，是的，绝对没错。"我不断变化真假嗓音，在寝室里一边独自旋转，一边和滚石的米克·贾格尔进行二重唱。于是，在别人都在努力当医生当律师去考公务员的时候，我独自来到了美国，四处游荡了大约半年。我当过餐厅侍者，刷过篱笆，做过园艺，还穿过好几个州运送汽车。在那个没有手机、电邮和聊天工具的时代，旅行者唯一能依靠的就是最基本的交流工具——明信片。其他方法——长途电话以及电报——都是"仅供紧急时刻使用"。因此父母挥手向我告别，把我送入了未知的世界，而有关我的消息十分有限，只有"是的，他安全抵达了"，以及"我们上次联系时他还在俄勒冈州"，以及"我们预计他几个礼拜以后回来"。我不是说这种形式就一定更好，更不想说什么这样更能磨炼意志的话；只不过就我而言，这样反而大有好处，父母不会在远处一按按键，就发来一堆表达焦虑和远期天气预报的短信，不用警告我小心洪水、传染病，还有盯着背包客下手的变态。

在那里，我遇到了一个女孩：安妮。她是美国人，和我一样在四处旅行。我们立刻勾搭上了——这是她的说法——在一起生活了三个月。她身穿花格衬衫，长着一双灰绿色的眼睛，待人友好热情；不费吹灰之力，我们迅速坠入了情网；我真不敢相信自己的运气会这么好。我也无法相信这一切竟然这么简单：成为朋友和床伴，一起大笑、喝酒，一起吸食大麻，肩并肩地畅游天涯海角——然后无怨无悔地轻松分手。来也简单，去也容易，她这么说，也是这么做的。后来，回首这段往事,我不清楚自己内心中的某部分是否为这极致的简单所震惊,也并不需要有更多的复杂化来证明……证明什么呢?深邃,严肃性?不过呢,天知道你大可以拥有各种复杂和困难,而不必任何深邃或严肃性来弥补。很久以后,我还发现自己在就"来也简单,去也容易"是不是一个提问的方法而绞尽脑汁,试图找到一个我自己也无法提供的明确答案。但这也只是顺带一提而已。安妮是我故事中的一部分,但不在这个故事里。

那件事发生时,父母也急着想和我取得联系,但根本不知道我在哪里。在真正紧急的情况下——比如母亲病危需要儿女赶回见最后一面——我想英国外交部一定会联系驻华盛顿使馆,让他们告知美国当局,再让后者通知警方在全国范围内寻找一名晒得黝黑、快快乐乐的英国人,相比刚来美国时,他现在可自信多了。而如今只需发一条短信即可。

我到家时,母亲正在化妆,她给了我一个僵硬的拥抱,让我去洗澡,然后给我烧了一顿依然被称为是我"最爱吃的菜",我默认了这点,因为我已经很久没有向她汇报自己最新的口味变化了。等我吃完,她递给我几封我不在家时收到的信件。

"你最好先看看这两封。"

最上面的这封信是亚历克斯写来的一张便条。"亲爱的托尼,"那上面写着,"艾德里安死了。他是自杀的。我给你母亲打了电话,她说她不知道你在哪里。亚历克斯。"

"我操。"我不禁脱口而出,这是我第一次在父母面前骂脏话。

"我很遗憾,孩子。"父亲的话听起来不太合时宜。我看着他,不禁思忖秃头是否遗传——是否会遗传。

我们一家三口都沉默不语,这种沉默每家每户都有自己不同的版本。后来,还是母亲打破了沉默:"你觉得这是不是因为他太聪明了?"

"我手上没有数据表明智力和自杀之间有任何关系。"我回答。

"我知道,托尼,但你应该明白我的意思。"

"不,事实上我一点都不明白。"

"好吧,这么说好了:你是个聪明的孩子,但还没有聪明到会这么做的地步。"

我凝视着她,脑子一片空白。她以为我的沉默是对她的鼓励,于是继续往下说道:

"但如果你非常聪明,一不当心,你的体内就有某种东西会让你发狂。"

为了避免与这一论调直接交锋,我打开了亚历克斯的第二封信。他信上说艾德里安的死法很有效,而且还有着自己一套充分的理由。"我们见个面,聊一下。查令十字酒店的酒吧如何?电话联系。亚历克斯。"

我拆了包,重新适应了一下,向家人汇报一路行程,让自己再次熟悉每日的常规和屋内的气息,家带给我的小小快乐和漫漫无聊。但我总会时不时想起我们的人生展开前,罗布森吊死在阁楼上,我们时常进行的那些激烈且单纯的讨论。那时我们都觉得自杀是每一个自由人的权利,这从哲学上来讲是不言而喻的:身患恶疾或已经老迈年高时的逻辑之举;受尽折磨或目睹他人本可避免的死亡时的英勇之举;情场失意而怒不可遏的性情之举(参见:伟大的文学著作)。可以说,罗布森那肮脏流俗的自杀行为却不属于以上任何范畴。

艾德里安亦然。在留给验尸官的遗书中,他是如此解释他的自杀动机的:生命是一份礼物,却非我辈索取而得;但凡有思想之人都有一份达观的责任去审视生命的本质以及随生命附赠的条件;倘若这人决定放弃这份无人索求的礼物,那么,依据这一决定的后果行事,是合乎道德与人性职责的。在遗书的最后还有一句话。艾德里安请求验尸官将他这一番道理公之于众,那位官员欣然照办。

最后,我问道:"他是如何了结自己的?"

"他在浴缸里割腕。"

"天哪。真有点……希腊遗风,是不是?要么就是服毒自尽?"

"要我说,更像效仿罗马式的,割开了血管。而且他还很在行。你得斜着割才行。如果是直着割开,你会失去知觉,伤口自动愈合,那你就白忙活了。"

"也许你偏偏就淹死了。"

"即使淹死了——那也是二流死法。"亚历克斯说,"艾德里安是肯定要一流的。"他说得没错:一流的学位,一流的自杀。

他与两位研究生同学同住一间公寓房,他选择在那里终结自己的生命。那两人周末都出去了,所以艾德里安有充足的时间做准备。他写好了留给验尸官的遗书,在浴室的门上贴了一张"**请勿进入——速报警——艾德里安**"的字条,泡了个澡,锁上门,躺在温热的水里割开了自己的手腕,流血身亡。一天半后他才被人发现。

亚历克斯给我看一份《剑桥晚报》的剪报。"青年'才俊'悲剧离世"。也许他们排好了那标题，随时准备付印。验尸官的最后裁决称，艾德里安·芬恩（22岁）在"思维紊乱"中自杀身亡。我记得我以前一听到那个惯用语就气愤无比：我敢起誓，艾德里安的思维是绝不可能紊乱的。但从法律的角度来看，如果你自杀了，很明显你就是个疯子，至少你在实施自杀行为之时是疯了。法律、社会以及宗教都认为，精神正常、健康的人是不可能自杀的。也许是那些当权者都怕对自杀的理性解释会破坏了生命的本质与价值，而这些本质与价值都是由国家定的，验尸官不也是国家养着的吗？既然你已经被认定是一时发疯，那么你对自己自杀的理性解释也只能是疯言疯语。艾德里安从古今哲学家中引经据典，说什么仅仅让生命降临到你头上是被动而不可取的，主动介入人生才是上策，我怀疑他的这番理论没有什么人给予关注。

艾德里安还在遗书中向警察道歉，说给他们带来了不便，还感谢验尸官将他的遗言公之于众。他还要求将自己火化，把骨灰撒掉。因为快速销毁遗体也是一位哲学家的积极选择，胜过被埋在地下消极地等待自然分解。

"你去了吗？去葬礼？"

"没邀请我。也没邀请科林。只有家人，没别人。"

"你认为呢？"

"那是他们家人的权利，我想。"

"不是，不是关于那件事。我是说他的那番解释。"

亚历克斯喝了一口啤酒。"真是不知道该说真他妈的好带劲，还是真他妈的好可惜。"

"现在呢？想好了吗？"

"呃，两者都有点儿。"

"我想不通的是，"我说，"自杀是自身的某种完满——我并不是说关注于自身，你知道的，只是涉及艾德里安——还是某种对他人暗含的嘲讽呢？嘲讽我们。"我看着亚历克斯。

"呃，两者都有点儿。"

"你能说点别的吗？"

"我在想他的哲学教授会有何感想。他们会不会觉得多少要负些责任。毕竟是他们训练了他的头脑。"

"你最后一次见他是什么时候？"

"他死前三个月。就在你坐的那个地方。所以我才建议咱们在这儿会面。"

"他是要去奇斯尔赫斯特。他看上去怎么样？"

"很开心。很快乐。跟他平时一样，只是状态更好。我们告别的时候，他说他恋爱了。"

那个臭娘们，我暗自想道。如果说这世上有哪个女的会让男人爱上她，仍然觉得生不如死，那这个女人非维罗妮卡莫属了。

"他没有说说有关她的事？"

"什么都没说。你也知道他就那样。"

"那他有没有告诉你我给他写信叫他滚出我的生活？"

"没有，但这也没什么奇怪的。"

"什么不奇怪，是我写的信，还是说他没告诉你？"

"呃,两者都有点儿。"

我用拳头捣了亚历克斯一下,刚好弄洒了他的啤酒。

刚到家还没来得及回想刚才听到的事情,就得抵挡老妈的一个个问题。

"打探到什么消息了?"

我给她讲了讲来龙去脉。

"那些可怜的警察肯定很不爽,他们得处理这些事。他是不是有'女朋友问题'了?"

我心里有点想要说:那还用问——他在跟维罗妮卡交往。但是我只是说了句:"亚历克斯说他们最后一次见面的时候,他还很开心。"

"那他为什么要自杀呢?"

我跟她短话短说,哲学家的名字都没提。我极力解释他是要拒绝一件他本不想要的礼物,是主动出击,而不是被动接受。老妈听着这些,频频地点着头。

"看看,我说什么来着吧。"

"何出此言,妈?"

"他太聪明了。如果一个人聪明到了那个份儿上,自己早晚得把自己绕进去。肯定早忘了常识是什么了。其实是他的脑袋瓜让他失常了,所以他才会自杀。"

"是的,妈。"

"你也这么说?你意思是你也同意?"

要控制住我自己的脾气,唯一的办法就是不回答她的问题。

在接下来的几天里,我对艾德里安的自杀行为进行了全方位的思索。我自己当然没指望他会给我一封诀别信,只是为科林和亚历克斯感到些许失望。我现在该如何看待维罗妮卡呢? 艾德里安爱她,却选择了自尽:这要做何解释呢? 对于我们大多数人而言,初恋即使没有走到最后——或许,尤其是没有走到最后的初恋——才证明、证实了生命的存在。而且,尽管在随后的几年中你的想法兴许会变,直至我们中的一些人完全对初恋不再抱有幻想,但是,当初恋的火花迸发之时,那是无与伦比的,是不是? 你赞同吗?

但是,艾德里安不认同。也许如果他另有所爱……也许并非如此——亚历克斯不是说了,他最后一次见到艾德里安,他的情绪很好。难道是在后来的几个月里发生了什么大事? 但就算真的出了什么事,艾德里安肯定会在遗书里有所提及。他是我们这几个人里最较真、最有哲学家思想的:遗书里他写明的原因,就肯定是他自杀的真实原因。

至于维罗妮卡,我一开始觉得她没有救艾德里安,很怪罪她,后来又觉得她可怜:看她趾高气扬地攀了高枝,可最后却碰上这样的事儿。我是不是应该向她表达哀思? 那她肯定会觉得我很虚伪。如果我联系她,她要么会对我不理不睬,要么就会扭曲事实,那样我更没办法理出头绪了。

最终我理出了头绪。也就是说,理解了艾德里安的解释,尊重他自杀的那些理由,也很钦佩他。与我相比,他更有思想,性情更严谨;他的思维富有逻辑,而且会依自己的逻辑思维采取相应的行动。但是,我觉得,我们大多数人却恰恰相反:往往我们是做出一个本能的决定,又依此建立起一系列的大道理来解释自己的决定。然后把这结果称为常识。我是不是把艾德里安自尽的行为看作对我们的一种隐含的批评？不。或者至少可以说，我确信他的本意并非如此。艾德里安也许很吸引人，但他从未表现得好像他需要门生信徒；他坚信我们都是人人为己考虑。如果他还活着，那么他会像我们大多数人那样"享受生活"，或是想要"享受生活"吗？也许会；也许他还会意识到自己无法言行一致，而倍感内疚与懊悔。

可上面的任何一种假设都无法改变这一事实，即，如亚历克斯所言，他的离世太他妈的可惜了。

一年之后，科林和亚历克斯提议大家聚个会。艾德里安的忌日那天，我们三个相约在查令十字酒店喝酒，然后去吃了印度菜。我们想缅怀和追忆我们的朋友。我们记起他和老乔·亨特说他失业了，还说起他给菲尔·狄克逊讲爱神与死神。我们讲起过去的事情，已经像在说故事一样了。我们忆起大家庆祝艾德里安获得了剑桥的奖学金。我们说着说着，发现他虽然去过我们家里，我们却从没去过他家；而且我们也不知道——我们有没有问过？——他的父亲是做什么工作的。在酒店的酒吧里，用红酒敬了他，吃过饭后又用啤酒敬了他。吃完饭走出来，我们互相拍了拍彼此的肩膀，并信誓旦旦地说这样的聚会以后每年都要搞一次。但其实那时我们的人生已经奔向了不同的方向，共同缅怀艾德里安已不足以将我们连在一起。也许他自尽一事毫无隐秘之处，所以结案就比较容易。当然我们一辈子都不会忘记他的。但是他的自尽更像是一个范例，而不是一场"悲剧"——像《剑桥晚报》上按惯例所称——于是他很快就从我们的生活中消失，隐入了时间与历史的凹槽之中。

那时,我已经离开家,开始在艺术管理局实习。后来我认识了玛格丽特;我们结了婚,婚后三年苏茜出生。我们贷了一大笔款买了栋小房子;每天都要搭公交去伦敦上班。实习期结束后我继续从事那份工作。生活就这样继续下去。某位英国人曾说,婚姻就像是一顿冗长而无聊的饭局,最先上的是美味的布丁。我觉得这种说法未免太愤世嫉俗了。我陶然于婚姻之中,不过也许有些太过安静——太过太平——但我感觉这没啥不好。结婚十来年以后,玛格丽特移情别恋,爱上一个开饭店的家伙。我不太喜欢他——他的手艺更不敢恭维——怎么可能会喜欢他,是不是?我和玛格丽特共同抚养苏茜。值得庆幸的是,我和她妈妈的分手对她的影响似乎并不大;我现在意识到,自己从来没把那套伤害理论用在她身上。

离婚之后,我有过几次艳遇,但都没有认真对待。我总会把自己新交的女朋友告诉玛格丽特。那时候跟她讲一讲好像是件很自然的事儿。现在,有时候我在想当时我是不是想让她吃点儿醋;或许是一种自我保护的行为,这样一来,新发展的恋情就没法儿变成正式的男女关系了。在我这更加空荡的生活里,我又开始想出各种各样的主意,都被我称为"项目",也许这样听起来可行性更大一些。但其实这些项目没有一个付诸实施。唉,也无所谓了;其实我的人生故事本来就没什么所谓。

苏茜也长大了,人们都开始管她叫苏姗[1]了。她二十四岁的时候,我挽着她的手臂,将她送入婚姻的殿堂。肯是一名医生;现在他们有

---

[1] 苏茜为苏姗的爱称,多用来称呼小姑娘。

两个孩子,一个男孩,一个女孩。我钱夹里这两个孩子的照片,看上去总是比实际年龄要小。我想,这也正常,如果不说"哲学上""不言而喻的"的话。但你会发现,你总是把这句话挂在嘴边:"他们长得太快了,是不是?"但其实你真正的意思是:对我而言,如今时间流逝得更快了。

玛格丽特的第二任丈夫还真不那么太平:他又找了一个和玛格丽特长得很像的女人,但关键的是人家比她要年轻十岁。我和她的关系依然不错;家庭聚会上常常相见,有时还会一起吃顿饭。有一次,几杯酒过后,她颇为感伤,提议我们二人不如重新走到一起。按她的话说,怪事情发生了。毫无疑问,确实奇怪,但是现在我已经习惯了自己的生活方式,而且很享受一个人的孤寂。也许我不够怪异,不想做那样的事情。有一两次我们俩谈起一起去度个假,但是我觉得我们可能都指望对方去谋划此事,去订机票、挑酒店什么的。所以度假一事也就不了了之了。

我现在已经退休了。公寓自己住着。有三五酒友,若干女性朋友——当然都是柏拉图式的(她们也与本故事无关)。我是本地历史社团的一名成员,但不像某些人那样对拿金属探测仪发掘古董兴致盎然。前一阵子,我志愿去管理本地医院的图书室;每天就穿梭在各个病房间,送书、收书、向病人们推荐图书。有了这个差事,我可以出去走走,做点有意义的事情总归是好的;而且我还可以认识一些新朋友。当然都是些病人;有一些已是奄奄一息。这样也好,至少轮到我的时候,这个医院的环境我已经熟门熟路了。

这也是一生,不是吗?些许成就,些许遗憾。我自觉生命很有趣了,不过,要是别人觉得我此生乏味,我也不会抱怨或感觉意外。也许,从某种程度上来说,艾德里安明白自己在干什么。这倒不是说我会为了什么事而错过我自己这一生的,你应该能理解。

我幸存了下来。"他活了下来,向别人讲述这一切"——人们这样说,对不对?现在我明白了,历史并不像我曾经巧舌如簧、信誓旦旦地对老乔·亨特说的那样是胜利者的谎言;我现在明白了。历史其实是那些幸存者的记忆,他们既称不上胜者,也算不得败寇。

第 二 部

人生到了后期,你觉得可以喘口气,歇一会儿了,不是吗？你认为,活了一辈子,也该歇一歇了。反正我是这样想的。但是到那时你才开始理解,生活是不会有所恩赐的。

还有,年轻的时候,你一定认为你可以预想到岁月会带给你的苦痛和凄凉。你会想象自己也许会孤单、离异、丧偶;孩子们都长大疏远了你,朋友也相继离世。你还会想象自己地位不如从前,无所欲求——更无人欣赏。你可能会想得更远,想到自己走向死亡,到那时无论有多少人陪伴,都只能独自面对。所有这些都是一味向前看。而你做不到的是向前看,想到自己站在未来的某一点回望过去,去体会岁月带给你的新的情感。比如说,你发现,当你的人生见证者日渐减少,确凿的证据也随之减少,因此,对当下和曾经的你也就没有那么笃定了。即使你是个勤于记录的人——用文字、声音、图片——你也许还是会发现,自己的记录方法很不得法。艾德里安以前常常怎说来着？"不可靠的记忆与不充分的材料相遇所产生的确定性就是历史。"

我仍然很喜欢阅读历史，当然包括我有生之年所发生的一切正史——撒切尔夫人、"9·11"事件、全球变暖——阅读之时自然带着恐惧、担忧以及谨慎的乐观。但是，我在阅读这一段历史时，与阅读古希腊罗马、大英帝国或俄国革命时的感受却迥然不同——我从未完全相信它。也许，我只是对那些多少已被公认的历史更感牢靠。或许呢，又是那同样的悖论：发生在我们眼皮底下的历史理应是最清晰的，然而也是水分最大的。我们生活在时间中，它牵制我们，也定义左右着我们，而时间本是用来衡量历史的，不是吗？如果我们无法理解时间，无法掌握其节奏与进展，那么我们何以理解历史——哪怕是我们自己那微小、私密、基本无从记录的历史？

我们年轻的时候，觉得三十岁以上的人看上去都像是中年人，五十岁以上的就像古董一般。而悠悠流逝的时间，也印证了我们那时的想法真的没错。我们年轻时觉得那么重要、明显的年龄差异，随着时间都消失不见了。最后都归属于一类了——不再年轻。我自己其实还真不大在乎。

当然也有例外。对于有些人，他们年轻时形成的对时间的区分从未真正消失过：年长的在他们眼里总是年长的，哪怕他自己也已经长出花白的胡须。还有一些人，虽然只比别人年长个，比如说，五个月，却总会倔强地认为他自己——她自己——比人家更明事、更知理，尽管事实恰恰相反。或者呢,我不妨说,正因为事实恰恰相反。因为,对于任何一位客观的观察者而言,天平显然已转向较为年轻的人,而年长的人却愈发刻板地——愈发神经质地——以为自己高高在上。

顺便说一句,我还经常听一些德沃夏克的曲子。不大爱听他的交响曲;现在更喜欢弦乐四重奏。但是柴可夫斯基也难逃天才作曲家的宿命,受年轻人追捧,对中年人依然有一些吸引力,但年老之后想起来,就算说不上令人窘迫,也多少显得有点不太搭界。我倒并不是说她说得很对。其实,但凡天才总会让年轻人着迷,此事天经地义。如果哪个年轻人对天才不感兴趣,那才算是不正常。顺便说上一句,我认为《一个男人和一个女人》的原声碟算不上天才之作,即使是我年轻时我也没这么觉得。另一方面,我还会时不时地想起泰德·休斯,一想到他有写不完的动物,就会会心一笑。

我和苏茜的关系不错。算还好吧,多多少少。可是现在的年轻一代已经觉得没必要也没义务与长辈保持联系。至少在他们看来,"保持联系"并不等于"见面"。联系老爸,一封电子邮件就够了——真是可惜,老爸没学会发短信。是的,他现在已经退休了,还天天倒腾他那些神秘的"项目",真怀疑他到底完成过一项没有,但那至少能让他的脑子活动活动,好过打高尔夫。哦,对了!我们上周本打算去看看他的,但临时有点事儿。我真心希望他别得了老年痴呆症,那是我最担心的事儿,真的,因为,你看老妈肯定是不打算再要他了,对吧?不:我有点儿夸张,表达得不够准确。苏茜不是那样的,我敢保证。一个人住久了就总会心生自怜与妄想。苏茜和我关系不错。

我们的一个朋友——虽然我和玛格丽特离婚的时间比我们俩结婚的时间还要长,但还是会不由自主地这样说——她的儿子有一支朋克摇滚乐队。我问她有没有听过他们的歌。她说有一首叫《每天都是星期天》。看来,同样的青少年无聊情绪真是代代相传,想到这我不禁释怀地笑了。逃避现实的讽刺谐语也是代代如此。"每天都是星期天"——这句歌词让我想起自己当年也觉得时光停滞,总觉得真正的生活久久没有到来。我问了我们那位朋友,他们乐队还有别的什么歌没。再没有了,她回答说,他们乐队就这一首歌。那这首歌是怎么唱的?我问道。什么意思?下一句歌词是什么?你没明白吗,是吧?她说。歌名就是歌词。他们就重复这一句歌词,一遍又一遍,想唱多长就唱多长。我记得自己当时笑了。"每天都是星期天"——这可是句不错的墓志铭,是不是?

有一个长长的白信封,透明纸窗下面能看见我的名字和地址。对于这种信,我不知道你会怎样,但我是从来不会急着拆开的。曾几何时,这种信函就意味着我的离婚纠纷进入了另一个痛苦的阶段——也许是因为这个,所以我很怕这种信封。现在这种信封里大多都是税单,是我退休那会儿买的可怜的几笔回报率很低的股票,也有可能是我长期捐款支持的慈善基金又来信劝我再多捐些。所以我本来已经把它忘在脑后了,直到晚些时候收拾公寓里的废纸——而且还是收拾到最后一个信封——打算回收利用的时候。原来是一封来自一个我从未听说过的法律顾问公司的信,柯英布氏公司。一个叫埃莉诺·马里奥特的人在信里写道"关于莎拉·福特夫人(已逝)不动产相关事宜"。我想了好一会儿才想起是谁。

我们常常想当然,对不对? 比如说,我们认为记忆就等于事件加时间。但是事实远非如此:事实更加怪异。是谁曾说过来着? 记忆是那些我们以为已经忘记的事情。而且我们理应明白,时间并非显影液,而是溶剂。但是这样理解并不讨好——也对我们无益;对我们过日子并没有什么帮助;于是我们就忽略了这一点。

信中要求我确认一下地址,并提供一份护照的复印件。信中告知我,有人遗赠给我五百英镑和两份"文件"。这让我非常不解。首先,遗赠赠予者的教名我从未听过,也有可能是我忘记了。而且五百英镑这笔数目似乎是个很具体的数目。不能说是一分不值,却也算不上是一笔财富。如果我能知道福特夫人什么时候立下的遗嘱,也许可以想出个所以然来。但是如果是很久以前所立,那相应的这笔数目现在肯定已经更可观了,那我就更想不通了。

我确认了自己还健在、身份的真实性及自己的所在地,并附上了复印件。并在信中请求了解立嘱日期。此后的一天晚上,我坐了下来,想要重新记起大约四十年前在奇斯尔赫斯特那个令人难堪的周末。想记起是否那其中某一刻、某件事或是某句话会让人觉得值得感谢或是值得有所回报。但我的记忆现在越来越像个机械装置,只是反复地重现那些貌似确凿的数据,鲜有变化差异。我凝望过去,我静心等待,想诱使自己的记忆走入另一不同的轨道。但这番努力却付诸了东流。我以前和莎拉·福特夫人(已逝)的女儿曾经交往过一年左右时间,她的丈夫对我屈尊俯就,她的儿子把我盯得紧紧的,她的女儿操控利用我。那段交往确实让我痛苦不堪,但也不至于要让她妈妈给我留下五百英镑以表歉意。

而且,那阵痛苦的感觉也没有持续很久。我之前就说过,我有种自我保护的本能。我早就把维罗妮卡抛在脑后,与我没有半点瓜葛了。当岁月把我早早地带入中年后,我开始回顾自己经历的一生,思索自己未走的条条道路,和那些看似平静却又暗流汹涌的一个个假设,但我觉得自己从未想象过——往坏的方向未曾想过,更不要说往好的方向想了——如果还跟维罗妮卡在一起可能会怎样。安妮倒是想过,维罗妮卡,从来没有。而与玛格丽特共度的那些岁月,我从未后悔过,尽管我们以离婚而告终。虽然我也曾试着想过——想想并不难——但从未幻想再过一段与此截然不同的人生。我觉得这算不得自我满足;更多的是缺乏想象力,没有抱负,总之是少点儿什么。据实来讲,是的,我太过普通,不够特异,自己做过的那些事情,即使人生再给我一次机会,我还是会去做的。

我并没有立刻看律师的信函,而是先看了看信的附件,一个长长的奶白色的信封,上面写有我的名字。那字体我以前虽只见过一次,但颇感熟悉。安东尼·韦伯斯特先生——字母的上行与下行都带着一点花体,这让我回想起在一个周末结识的某个人,其字体大胆有余,形状欠佳,或许颇能体现这是个"足够古怪"的女士,会做一些我未曾做过的事情。但会是些怎样的事情,我却不得而知,也无从猜测。信封前面的中央上部,有一截透明胶带。我本以为这一胶带应该是一直粘到信封背面,上面还应贴上一个封条,但是这一胶带却在信封的最顶端被割开了。可以猜到这封信之前是贴在别的什么东西上的。

最后我拆开了信。"亲爱的托尼,我认为你应该拿到所附的物件。艾德里安总是兴致勃勃地提起你,也许你会觉得这是许久以前一段有意思的,抑或有些痛苦的记忆。我还留给你一小笔钱。也许你会觉得有些莫名其妙,说实话,我自己也说不清楚我的真实动机是什么。不论如何,我对前些年我的家人那样对待你深感抱歉,即使在九泉之下,仍真心地祝愿你一切安好。莎拉·福特。附言:这听起来虽然有些奇怪,但我想,他人生的最后几个月是快乐的。"

律师还要求我提交详细的银行账户信息,这样她遗赠的钱可以直接打入账户。她信中还提到,此附件是她遗赠给我的第一份"文件"。第二份还在福特夫人的女儿手上。这时我才明白那截被割断的透明胶带是怎么回事了。马里奥特夫人现在极力想要回第二件遗物。信中对我的提问也做出了回答,福特夫人是在五年前立的遗嘱。

玛格丽特以前常说,世上的女人分为两类:一类是棱角鲜明的;一类是神秘莫测的。而这种特征是一个男人对女人的最初感知,也是让这个男人被她吸引或不感兴趣的原因。有些男人喜欢第一类,有些喜欢另一类。玛格丽特——其实不用我告诉你你也知道——就属于棱角鲜明的那类,可是,对那些由内而外散发着神秘气息或者故意装作神秘莫测的女人,她也会心生妒意。

"我就喜欢你本来的样子。"有一次我这样跟她说。

"但是你已经太了解我了。"她回答道。那时我们已经结婚大概六七年了。"难道你不希望我有那么一点点……让你捉摸不透吗?"

"我不希望你是那种神秘莫测的女子。我可能会讨厌你那样。有些女人那样只是做样子、玩手段,来诱惑男人,还有些神秘的女子连她自己都不了解自己,那就最最糟糕了。"

"托尼,你这话讲得真男人,八面玲珑。"

"呃,我可不是,"我说——因为我知道,她当然是在跟我打趣,"再说我这一辈子认识的女人也没几个。"

"'我虽然不怎么了解女人,但我至少知道自己喜欢什么样的'?"

"我可没这么说,至少我话的本意不是这样。我的意思是因为我认识的女人相对比较少,所以自认为比较了解她们。也明白自己喜欢她们身上什么。如果我多认识了几个女人,说不定就更糊涂了。"

玛格丽特说:"真不知道我是该受宠若惊还是自叹倒霉。"

当然了,我们俩在这番对话时婚姻还没有出现问题。但就算玛格丽特真的多点儿神秘感,我们的婚姻也不会持续更久,这点我完全可以向你——以及她——保证。

共同生活的这几年间我耳濡目染,多多少少也具备了一点儿她的性格特征。比如说,要是不认识她,以我的性格,我很可能会耐着性子和这位律师进行书信上的沟通往来。但现在的我可不想静静地再等待一封开着透明纸窗的信函。于是,我直接就给那位埃莉诺·马里奥特夫人打去电话,问起留给我的另一份文件的事情。

"遗嘱上说那是一本日记。"

"日记?是福特夫人的吗?"

"不是。让我查看一下姓名。"停顿片刻,"是一个叫艾德里安·芬恩的。"

艾德里安!福特夫人怎么会拿到他的日记的?当然这问题不能问人家律师。"他是我的一位朋友。"我说。接着又问道:"是不是它一开始是附在你邮给我的信上的?"

"这个我不确定。"

"那你有没有见过这本日记呢?"

"没有。"她这种回答不能说是无心帮忙,只能说人家措辞比较谨慎。

"那维罗妮卡·福特有没有说她为什么要留下这本日记?"

"她说她还没准备好把它给人。"

我猜得没错。"但这日记是遗赠给我的吧?"

"遗嘱里确实是把它留给你的。"

嗯。我在琢磨她这话里有没有什么微妙的法律用意。"那你是否了解……她是如何拿到这本日记的?"

"据我所知,她母亲临终之前的那几年,住在离她不远的地方。她说她把母亲的一些东西拿到她家里保管起来了。怕母亲的房子遭窃。比如一些珠宝首饰、现金财物、文件材料等。"

"她这样做合法吗?"

"呃,不能说是违法的。算是行事谨慎吧。"

看来这样聊下去也聊不出个所以然。"那我就直说了吧。她应该把这个遗赠的文件,这本日记交给你。你已经向她讲明情况了,但是她拒绝配合。"

"目前来看,情况是这样的。"

"那你能否把她的地址告诉我?"

"那我要经过她的授权才行。"

"那你能否帮我个忙,去请她授权给你呢?"

你有没有发现,当你和律师这样的人讲话时,说不上几句,你就忘了该怎么讲话,开始跟他们一样拿腔拿调了?

人生剩余的时间越少,你越不想浪费时间。这种想法合乎逻辑,不是吗?而至于你想怎样利用你省下来的时间……唉,这也许又是一件你年轻的时候未曾预想过的事情。比如说,我现在总花很多时间收拾东西——而我绝算不上是个邋里邋遢的人。这种习惯也是随着年龄养成的一种自我满足方式。我喜欢凡事有条不紊;东西回收再利用;把公寓收拾装饰得整齐干净,可以保持它的价值。遗嘱也已经立好;与女儿、女婿、孙辈及前妻的一应事宜不能说安排得十全十美,至少是妥妥当当的了。至少我自己是如此认定的。现在我已经是心如止水、波澜不惊了。因为我爱打理事情。不喜欢邋里邋遢,也不喜欢死后留下一个烂摊子。你要是非要知道的话,我已经申请了死后火化。

所以我又给马里奥特夫人打了次电话,向她索要福特夫人的另一个孩子的联系方式,就是约翰,也叫杰克。给玛格丽特打了电话,想要碰面吃顿午饭。然后又跟我自己的律师约了个见面时间。噢,不,我这么说有点太正式了。我敢肯定杰克兄也一定会找个"自己的律师"和我见面。我所谓的"我的律师",不过是一个当地人,我的遗嘱就是他帮我立的;他有一间小小的办公室,在一家花店的楼上,人看上去非常精明能干。我比较中意这个人的另外一个原因是,他没要求使用我的教名,也没有建议我使用他的教名。所以我就一直叫他T. J. 冈内尔,对于他名字前那两个字母,想都没想是什么名字的缩写。你知道我怕什么吗?年事已高住进医院,听着陌生的护士们叫着我的大名,安东尼,或是更糟糕,叫我的小名,托尼。托尼,让我把这个扎到你胳膊里去。托尼,再喝两口稀粥。托尼,你大便了吗?当然,真到了那个时候,我要担心的事儿太多了,可能护士跟我过分熟稔这件事根本算不了什么了;即便如此,我仍感觉忌讳。

其实我刚认识玛格丽特的时候做过一件比较古怪的事情。我把维罗妮卡屏蔽出了我的人生履历,假装安妮是我第一位正式女友。我知道大多数男人都会在自己交往的女孩的数量以及做爱的次数上有所夸张;但我恰恰相反。我自己给过去划出一条界限,打算重新开始。得知我如此晚熟——指的并不是我失贞,而是正经地交往女朋友——玛格丽特有点儿不解;那时候,可能多少还觉得我有点魅力。因为她好像提到过,害羞有时候也是男孩子吸引人的地方。

其实更古怪的是,向别人这样讲述我的过去似乎更容易一些,因为我也是这么跟自己说的。我向来把自己与维罗妮卡交往的那段时光看作一次彻头彻尾的失败之举——她对我不屑,我深感羞辱——所以把这段时光彻底从我人生的记录中抹去。两人交往的信件都没有保留,只留下一张照片,我也已经很多年没瞧上一眼。

但在结婚一两年后,我的自我感觉逐渐转好,对夫妻关系也信心满满,就把交往的事情告诉了玛格丽特。她听着,问了几个相关的问题,明白了缘由。她想要看看那张照片——在特拉法尔加广场照的那张——仔细端详一番,点了点头,并没做出什么评价。这样不错。我没有权利希冀什么,更不指望她对我的前女友有任何溢美之词。而且说实话,我根本也不指望谁夸她。我只想和过去有个了断,只希望玛格丽特原谅我这一特别的隐瞒。她还真的原谅了。

冈内尔先生瘦骨嶙峋,镇定自若,并不介意沉默。毕竟,说话还是沉默,他的客户都得掏一样的钱。

"韦伯斯特先生。"

"冈内尔先生。"

就这样,我们俩你一句我一句地互称先生,足足持续了四十五分钟。其间,他给了我花钱想要获得的专业性建议。他告诉我,依他之见,报警并说服警方指控一位刚刚失去母亲的成年女子盗窃,实为愚蠢之举。我喜欢他这样说。倒不是说喜欢他的建议,而是喜欢他的措辞。"愚蠢":这个词比"不可取"或"不合宜"要好得多。他还极力劝我不要再纠缠马里奥特夫人了。

"难道律师不喜欢人家去咨询她吗,冈内尔先生?"

"这样说吧,如果咨询人是她的客户,那另当别论。但是,目前的情况是,是福特一家在付咨询费。而且你想象不到的是,你的信会'神不知鬼不觉'地掉落到文件箱最底部。"

我环视了一下这间刷成奶白色的办公室,房内摆了些盆栽,架子上堆满了各种法定授权书,一幅司空见惯的英格兰风景画,对了,还有很多文件柜。我回头望向冈内尔先生。

"换句话说,不能让她觉得我是个疯子。"

"哦,她绝不会那样想的,韦伯斯特先生。况且,'疯子'也绝非法律用语。"

"那你们会如何措辞呢?"

"我们一般称为'缠讼'。这个措辞已经算很严重了。"

"没错。还有一件事。清盘遗产一般需要多久?"

"如果进展顺利的话……十八个月吧,差不多两年。"

两年!为了一本日记,我可等不了那么久。

"呃,你肯定是先处理主要事务,但是总会有事情拖你的后腿。比如说,股权证书丢失啦,与税务局核准应缴税金金额啦。另外,有时候信函也放得乱七八糟。"

"或者它们掉落到了文件箱最底部。"

"也不是没这个可能,韦伯斯特先生。"

"那你还有什么其他建议吗?"

"我轻易不会用'盗窃'这个词。这个词或许会造成不必要的误会。"

"但她的行为就是盗窃啊!这么显而易见的事情,根本就是明摆着的,这倒让我想起了一个法律用语。"

"事实自证?"

"正是。"

冈内尔先生顿了顿。"呃,我一般不接刑事案件,但是,说到盗窃,我记得其关键的采信点,是'意图永久剥夺'失主的财物。那你知道福特小姐的真实意图,或她的心态吗?"

我笑了笑。四十年前我就一直没搞懂维罗妮卡的心态。我这一笑显然笑得不得其所;而冈内尔先生可是个明察秋毫的人。

"我并无意刺探,但是,韦伯斯特先生,你和福特小姐之间过去是不是发生了什么扯不清的事儿,最终演变为民事甚至刑事诉讼呢?"

我和福特小姐之间的事?我盯着一张张照片的背面——应该是冈内尔先生的全家照吧——顿时,脑海中闪现出一幅特定的画面。

"你已经把事情梳理得清楚多了,冈内尔先生。付账时我会贴上一等邮票。"

他莞尔一笑。"事实上,我们确实注意到一些案件中会出现此类情况。"

两周后,马里奥特夫人给了我约翰·福特先生的电子邮箱。维罗妮卡·福特小姐拒绝把她具体的联系方式外传他人。同时,约翰·福特先生本人显然也很谨慎:没有电话号码,没有地址。

我记得杰克兄靠坐在沙发上,漫不经心而又踌躇满志。维罗妮卡刚刚弄乱了我的头发,这会儿问道:"他还算可以吧,是不是?"杰克冲我眨了眨眼,我没有眨回去。

我的邮件十分庄重。先是表达了我的哀悼之情,假装对奇斯尔赫斯特有着更愉快的记忆,虽说事实并非如此。我跟他讲了讲事情的来龙去脉,请杰克利用他的影响力说服他妹妹把第二份"文件"交出来,我所说的这第二份文件,就是我的老同学艾德里安·芬恩的日记。

大约十天后,杰克兄出现在了我的收件箱里。他先絮絮叨叨说了一大堆关于旅行的事,还说什么他已身处半退休状态,新加坡潮湿难当,Wi-Fi上网还有网络咖啡屋。然后,说:"不管怎样,闲话少说。很遗憾我不是妹妹的监护人——从来都不是,这话也就我们俩之间说说。多年前我就已断了想改变她的念头了。坦白说吧,我替你说好话很容易会适得其反。当然,这并不代表我不希望你好好渡过这一难关。啊——我的黄包车到了——我得赶紧闪了。祝好,约翰·福特。"

为什么我觉得这一切有些难以置信呢?为什么我立马就想到他静静地坐在家中——在毗邻萨里郡的高尔夫球场的某座豪华宅邸里——正在嘲笑我呢?他的服务器是美国在线,我无迹可寻。我看了看他的邮件发送时间,新加坡和萨里郡好像都说得通。为什么我臆想杰克兄看到我来信,然后给自己找了点乐子呢?也许是因为,在这个国家,比起年龄差异,阶级差异更是历史悠久。当年,福特家族比韦伯斯特家族更显赫,他们将一如既往,继续保持那样的状态。又或者,这只是我单方面的偏执妄想?

当然,除了礼貌性地回复邮件,问问他是否能给我维罗妮卡的具体联系方式,我束手无策,无可奈何。

当人们说"她是个漂亮女人"时,通常的意思是,"她曾经是个漂亮的女人"。但是,当我这么评价玛格丽特时,我是真这么觉得。她觉得——她知道——自己容颜已老,而她确实老了,虽说我可能感觉没有其他人那么强烈。不过当然了,至于饭店经理怎么想,我就不好说了。但是我是这么认为的:她目中所见只是已逝的过往,而我看到的是不变的永恒。她的秀发不再长至及背,不再束成法式发髻;曾经的长发如今已剪短,紧贴着脑袋,花白依稀可见。她过去常穿的土里土气的长裙已束之高阁,取而代之的是羊毛衫和裁剪精良的裤子。我那曾经挚爱的雀斑,如今已几近化成了老年斑。但是我们互视对方的双眸一如往昔,不是吗?当初,在那里,我们找到了彼此,现今我们依然如故。人生若如初见:眼神依旧,头脑依旧,我们相拥入眠,共同步入婚姻殿堂,一起欢度蜜月,一起抵押贷款,一起逛街,一起做饭,一起度假,相亲相爱,共同养育孩子。而分开之时,一切依旧。

但是,不光是眼睛,骨架结构也未曾改变,还有一些本能的手势,以及她那众多独有的方式。她与我相处的方式也未曾改变,即使隔了这么久,这么远。

"那么,托尼,你说了这么多,到底想说什么?"

我笑了。我们几乎还没看各自的菜单呢,但是我没觉得这个问题很唐突。玛格丽特就是这样一个人。你说你不确定是否再要一个小孩的时候,你是不是想说不确定是否想和我再要一个?你为什么觉得离婚是在分摊过失?现在,你对今后的生活有什么打算?当时如果你真想和我一起去度假,订几张票不就行了吗?这都是在干什么啊,托尼?

有些人对配偶的旧情人不放心,好像他们现在仍然能威胁到自己。还好玛格丽特和我幸免于此。倒不是说我真有一群前女友排成一排。而如果她想给她们取绰号,那是她的权利,难道不是吗?

"事实上,这所有人中,就说维罗妮卡·福特。"

"那个水果蛋糕?"我就知道她会那么说,所以我没有皱眉蹙额。"都过了这么多年了,又回到这个话题了? 托尼,你不是早就从中走出来了嘛。"

"我知道。"我答道。最终给玛格丽特讲起维罗妮卡时,我可能还有点言过其实呢,使自己听上去更像个被愚弄的人,而维罗妮卡比过去更加反复无常。但既然是因我而起了这绰号,我也就无法一味反对。我所能做的就是自己不用这个绰号。

我给她讲了来龙去脉,我的所作所为还有方式方法。正如我所言,那些年玛格丽特的一言一行多少影响了我,也许,这就是为什么在很多地方她都点头同意或者加以鼓励吧。

"你觉得水果蛋糕的母亲为什么留给你五百英镑?"

"我哪儿知道呀。"

"而且你认为她哥哥在要你玩儿?"

"是的。或者,至少没跟我坦诚相见。"

"可是你根本都不了解他,是吧?"

"我只见过他一次,那倒是真的。我看我只是对他们一家子不信任罢了。"

"那么你觉得为什么这日记最后落在了母亲手中呢?"

"不知道。"

"也许,艾德里安不信任水果蛋糕,就把日记留给了她。"

"这讲不通啊。"

一阵沉默。我们吃着东西。过了会儿,玛格丽特用刀轻轻敲了敲我的盘子。

"这么着吧,假如依然是单身未嫁的维罗妮卡·福特小姐碰巧走进这家咖啡馆,就坐在我们的餐桌旁,那么,离婚已久的安东尼·韦伯斯特先生会做何反应呢?"

她老是一语中的,不是吗?

"我觉得我见到她不会喜出望外。"

我那一本正经的口吻引得玛格丽特不由得一笑。"迷住了?开始卷起袖子,取下手表了?"

我满脸通红。你没见过一个六十多岁的秃顶老头脸红?哦,跟一个笨手笨脚、满脸粉刺的十五岁毛头小伙脸红没什么差别。而且,由于这种情况实属罕见,那脸红的人一下子跌回到了那段时光,那时生活不过是一长串的尴尬和难关,一个接一个。

"真希望我没告诉你。"

她拿起叉子,吃了一口芝麻菜西红柿沙拉。

"韦伯斯特先生,你确定你的胸中已没有——未曾熄灭的火苗了?"

"我确定。"

"那好,除非她跟你联系,我不再重提此事。把那五百镑支票兑了,带我去度个花钱不多的假,然后就此罢休。每人花个五十镑,我们就可以一路到达海峡群岛。"

"我喜欢你跟我打趣。"我说,"即使过了这么多年。"

她向我欠过身,拍了拍我的手。"我们仍然喜欢彼此,太好了。而且,我知道你也绝不会预订那假期出行,太好了。"

"只是因为我知道你是开玩笑罢了。"

她笑了。顷刻间,她看起来甚至有些许神秘。可是,玛格丽特不会装神秘,这可是"神秘女人"第一步。如果她想让我付两个人度假的钱,她肯定会说出来的。是的,我知道她确实是那样说的,但是……

但是不管怎样。"她偷了我的东西。"我说,也许语气中带着一丝抱怨。

"你怎么知道你想要那东西呢?"

"那是艾德里安的日记。他是我的朋友,过去的朋友。那日记是我的东西。"

"如果你的朋友想把日记交给你保管,他四十年前就可以留给你了,完全不必托给中间人,或者说是中间女人。"

"是的。"

"你觉得日记里有什么?"

"我不知道。我只知道那是我的。"那一瞬间,我明白了我如此执着于要回日记的另一个原因。那日记就是证据;它是——它可能是——确凿证据啊。它可能打破记忆单调的重复。它可能会开启一些新的东西——虽说我还不知道那东西会是什么。"好吧,要想找,总是能够找出水果蛋糕住在哪儿的。故友重逢网,电话号码簿,私家侦探齐上阵。四处出击吧,按响门铃,打听你想知道的事情。"

"不。"

"引发了入室盗窃。"她眉飞色舞地说道。

"你在开玩笑吧。"

"那算了,当我没说。就像他们说的,除非你正视过去的事儿,要不没法儿继续自己的生活。但那就不是你了,是吧,托尼?"

"不是的,我可不这么认为。"我小心翼翼地回答。因为我也在想,心里呓语不算,我这话到底有几分真实。一阵沉默。餐盘清理掉了。玛格丽特总是能把我看得清清楚楚。

"你这么固执,真是太感人了。我想,我们上了这岁数,这不失为一个防止老年痴呆的好办法。"

"我可不觉得我二十年前会有不同的反应。"

"也许不会吧。"她示意买单,"不过,我来给你讲个卡罗琳的故事。不对,你不认识她。她是我在我们分手后交的一个朋友。她有过一任丈夫,两个孩子,还有一个她不放心的女工。她没疑神疑鬼,也没其他什么问题。大部分时间,那女孩彬彬有礼,孩子们也不抱怨告状。只是卡罗琳觉得她并不真正知道自己把他们托给了谁。于是,她咨询了一位朋友——一位女性朋友——不,不是我——问她有何建议。'搜查她的东西。'她的朋友说。'什么?''哦,你显然很紧张。等到她晚上出去,把她的房间看个遍,看看她的信件。换成我,我就这么做。'于是,那位女工下次出去时,卡罗琳检查了她的东西。她发现了女孩的日记。她读了那日记,里面满篇皆是谴责,譬如,'我简直是在给一头母牛干活。''那丈夫倒是挺好的——抓到他偷看我的屁股——而他老婆是个浑球婊子。''她知道她对那些可怜的孩子在做什么吗?'日记里确确实实说了一些很粗野很粗野的话。"

"那然后呢?"我问道,"那个女的有没有被炒?"

"托尼,"我的前妻回答说,"那不是这故事的关键。"

我点了点头。玛格丽特用信用卡的一角一项一项地划下来,核对账单。

这么多年她说的另外两件事是：其一，世上某些女人毫无神秘可言，之所以神秘是因为男人没法理解她们。其二，水果蛋糕们应该关进上面印有女王头像的锡盒里面去。想必当年布里斯托尔的生活细节，我也告诉过她了。

大约过了一周，杰克兄的名字又一次出现在了我的收件箱里。"这是维罗妮卡的电子邮箱，但不要说是我告诉你的。否则就有大麻烦了，很严重。记得那三只智猴的典故吧——邪恶之事勿视、勿听、勿说。总之，那是我的座右铭。湛蓝的天空，悉尼海港大桥之景，差不多吧。啊，我的黄包车到了。祝好，约翰·福特。"

我很吃惊。我本想着他不会帮忙。但是对于他和他的生活我又知道多少呢？只能从很久以前一个糟糕的周末推断出点什么。我一直认为，他那良好的出身和教育使他比我更有优势，时至今日，他仍不费吹灰之力保持着这优势。我记得艾德里安曾说过，他在某份大学生杂志上读到过杰克的故事，却没想过会见到他（但他也没指望和维罗妮卡交往）。随后，他用一种不寻常的刺耳口吻补充说："我痛恨英国人以一种不严肃的方式对待严肃之事。"我从来不知道——因为愚蠢的我从来没问过——那依据是什么。

人们说，时间会看清你的面目，是不是？也许时间已识破了杰克兄，并因他的放浪形骸而惩罚了他。现在，我开始详细阐述维罗妮卡哥哥与众不同的人生，在学生时代，他的人生记忆熠熠生辉，充满幸福和希望——确实，那正是他的人生达到和谐状态的一个时期，是我们都渴望达到的状态。我想象着毕业后,杰克靠裙带关系进入一家大型跨国公司。我想象着他起步良好,然后,几乎在不知不觉间,不那么好了。一个好交际的家伙,举止优雅,但却少了点锋芒和干劲,这个世界变幻莫测,需要的正是锋芒。在信函或是交谈中,那些愉快的结束语片刻之后不再世故老练,而是显得笨拙无能。尽管他并没有被解雇,但显然已被建议提前退休,偶尔临时打打杂。他可以当个巡回名誉领事,在大城市支援当地人,在小城市调解纷争。因此他重塑了人生,找到了某种貌似合理的方式,把自己包装成了一个成功人士。"悉尼海港大桥之景,差不多吧。"我想象他带着手提电脑到可以用 Wi-Fi 上网的露天咖啡厅,之所以这么觉得,坦白讲是因为比起窝在酒店房间搞小动作,这会让人感到没那么压抑,酒店已经不比过去,不那么高级了。

我不知道大公司是不是就是这么运作的,但是我却找到了一种回忆杰克兄的办法,用这种方式回忆他,一点儿没让我觉得不舒服。我甚至已把他从那座俯瞰高尔夫球场的大厦中驱逐了出去。这倒不是说我会替他觉得遗憾。而且——这才是关键所在——我也不欠他任何人情。

"亲爱的维罗妮卡,"我开始写道,"承蒙你哥哥的好意,给了我你的电子邮箱地址……"

我突然想到这或许便是年轻和年老的区别之一吧:年轻时,我们为自己憧憬不同的未来;年老时,我们为他人编撰不同的过去。

他的父亲开着一辆亨伯超级猎鹬车。现在的车,都不起那种名字了吧,是吧?我开着一辆大众波罗。但是亨伯超级猎鹬车——这词就像"圣父、圣子、圣灵"一样脱口而出。亨伯超级猎鹬车系。阿姆斯特朗蓝宝石车系。乔伊特标枪车系。詹森拦截机车系。甚至沃尔斯利-法里纳和希尔曼-明克斯。

不要误会,我对车没有兴趣,不管是新车还是老车。我只是有一点点好奇,为什么用鹬这样的小猎鸟命名厢式大轿车,还有明克斯[1]车是不是具有狂暴的女性特征。尽管这样,我的好奇心还不够强。眼下,我宁愿不知道。

但是,我脑海中一直在想怀旧这一问题,想我是否深受怀旧之苦。每当忆起童年时的一些小玩意儿,我当然不会泪湿衣襟;我也不想自己骗自己,对某些事情多愁善感,即便是当时我都没这样——比如对母校的爱等。可是,如果怀旧意味着对强烈情感的浩瀚追忆——很遗憾这样的情感在我们的生活中已不复存在了——那么,我诚表服罪。我怀念我早期和玛格丽特在一起的时光,怀念苏茜的降生以及她的童年,怀念那次与安妮一起徒步出行。而且,如果我们在谈论永不复得的强烈感情,我想,可能怀念的是难以忘怀的快乐,亦是难以忘却的痛楚。而这样一来范围就大了,是不是?它同样也直接导致了维罗妮卡·福特小姐事件。

"血腥钱?"

---

[1] 明克斯:原文为"Minx",意为冒失的少女。

我看着这三个字,搞不清是什么意思。她已删除了我的信息及其标题,回复没有署名,只是寥寥一个词语。我只得翻出我的已发邮件,再次推敲,从而断定:从语法上讲,这三个字只能是对我问为什么她母亲留给我五百英镑的回答。但是,除此之外,便没有任何意义了。哪有什么喋血啊。我的自尊受到了伤害,这倒是真的。可是,维罗妮卡并没有暗示她母亲给我钱,是以她女儿伤害我作为交换的,不是吗?她说了吗?

同时,维罗妮卡没有给我一个直截了当的回答,我希望她做的事,期待她说的话,她全都没做没说。这也没什么奇怪的,就这点而言,她至少和我记忆中的她一模一样。当然啰,有时候我不由自主地把她归为神秘的女人,她与我所娶的玛格丽特这样棱角分明的女人对比鲜明。诚然,当初我不知道我们的关系处在什么阶段,读不懂她的心思、想法或是动机。谜一样的女人是一个你总想解开的谜团。我不想解开维罗妮卡这个谜了,尤其是都已经过了这么多年了。四十年前,她就是个难以捉摸的年轻女子,而如今——就以这个仅三个字、伸出两个手指的作答为证——她好像没有随着年龄的增加而日渐成熟。我这样坚定地告诉自己。

不过,为什么我们期待年龄会催我们成熟呢?如果说论功行赏并非是生命的本分,那么又岂能要求在生命将尽时给予我们温馨舒适之感?怀旧之情到底服务于何种进化的目的?

我有一位朋友,他接受了律师训练,但后来期待幻灭,且从未开业从职。他告诉我,这些年的时光白白浪费掉的一大好处是,他再也不怕法律和律师了。类似的事情层出不穷,是不是? 你学得越多,就越不害怕。我所说的"学习"不是学术意义上的学习,而是对生活实实在在的理解。

也许我真正想说的是,很多年前,我和维罗妮卡交往过,这使得如今我不怕她了。因此,我打起了邮件之战。我下定决心,一定要彬彬有礼、坚持不懈、乏味而友好:换句话说,撒谎扯淡。当然啰,删除一封邮件连一秒钟都要不了,但是接着再写一封代替删掉的那封也花不了多长时间。我要用美好的言行来折磨她,我非得到艾德里安的日记不可。我没有"未曾熄灭的火苗"——我跟玛格丽特打过包票的。另外,至于她所给出的较为慷慨的建议,咱们不妨说做前夫的一大好处是你不再需要为你的行为辩护。或者按建议行事。

看得出来,维罗妮卡对我的这种方式很困惑。有时她的回复言简意赅,怒气冲冲,经常是根本不回复。当然她也没那福分,知道我计划的先例。我婚姻快结束的时候,我和玛格丽特所居住的那幢坚固的市郊别墅有点下沉。裂缝随处可见,门廊和前墙逐渐崩裂。(不,我没觉得这是个前兆。)那个夏天出奇地干燥,保险公司忽略了这个事实,把原因归咎于我们前院的酸橙树。那棵树不是特别漂亮,我也不甚喜欢,原因有很多:它遮住了前屋的光线,总有黏黏的东西掉到过道上,紧逼街道,引得鸽子栖息在上面,把粪便拉到停在树下的汽车上。尤其是我们家的车。

我之所以反对砍掉这棵树,是有原则的:这原则不是为了维持国家的树木覆盖率,而是绝不对无形的官僚主义者、长着一张娃娃脸的树木栽培家和保险公司所引证的风靡一时的责任追究理论卑躬屈膝。还有,玛格丽特特别喜欢这棵树。因此,我做好了打持久保卫战的准备。我对树木栽培家的结论提出质疑,要求再挖几口检查坑,以证实抑或推翻靠近房屋地基处有旁生的小根的结论;我就天气状况、大伦敦黏土带、全区范围里禁用橡胶软管带等一系列问题据理力争。我强硬刚厉,但不失礼貌;我模仿对手,拿腔拿调地说话。我很讨人厌地在每一封新信件上附上之前信件的副本;我请求对现场做进一步勘查,并建议他们追加人力。每一封信我都额外提出一个质疑,他们不得不花时间考虑应对;如果他们没有回答,我的下一封信便会要他们立刻参看我在第十七封信函里第三或是第四段中的内容,而不是简单重复上次的质疑,这样他们就不得不查阅越来越厚的文件。我小心翼翼,不让自己看上去像个疯子,而是一个迂腐的、不可小觑的讨厌鬼。我喜欢去想象他们又一次收到我信件时的呻吟抱怨;我知道总有一天,他们会觉得打不起这浩如烟海的数据战,想要结案了事。最终,他们终于被惹恼了,就提议酸橙树的冠层减少30%,我带着遗憾的神情接受了这个解决方案,可心里不知有多开心呢。

正如我所料,维罗妮卡讨厌自己被当作保险公司来耍。我将省去我们冗长的你来我往,直奔实实在在的主题。我收到马里奥特夫人的一封来信,信中附了一份她称为"争议文书片段"的文件。她希望在接下来的几个月里我可以悉数拿到遗产。我觉得这说明接下来充满希望。

这一"片段"其实是某份片段的影印件。可是——即使在四十年之后——我也知道它是真迹。艾德里安用独特的手写方式写下了古怪的斜体"g"。不用说,维罗妮卡没有寄给我第一页或者最后一页,也没有说明这一页在日记中的位置——如果你还能称这些编了数字的段落为"日记"的话。以下是我所读到的:

5.4 累加赌注问题。如果人生是一场赌博,那么赌局采取何种形式? 在赌马比赛中,累加赌注的形式是利滚利,一匹马赢得的赌金滚注到下一匹马上,如此循环往复。

5.5 那么,a) 在多大程度上,数学公式或者逻辑准则可以用来表达人类关系? 并且 b) 如果可以的话,整数之间可以放置什么符号? 加号减号必然用得上;有时用乘号,当然,还有除号。可是这些符号是有限的。因而,一对全然失败的关系可以表示为亏损/减法,或者除法/减少,两者的总和都为零;而一对圆满的关系则可用加法和乘法表示。那么大多数关系呢? 难道它们不需要用那些逻辑不通、求而无解的符号表示吗?

5.6 那么,你如何表达一个包含 b,a^1,a^2,s,v 五个整数的累加赌注呢?

$$b = s - v \genfrac{}{}{0pt}{}{\times}{+} a^1$$
或 $a^2 + v + a^1 \times s = b$?

5.7 或许,这样提出问题并列出累加赌注的方式是错误的? 用逻辑规则解释人类处境只会遭遇自我挫败吗? 当组成一条论据之链的每个链环用不同的金属铸成,每种金属的延展性各不相同的话,会出现什么情况?

5.8 或许,"链条"是个伪隐喻?

5.9 可是,假设它并非伪隐喻,那么,如果链条断了,责任应该归咎于哪一部分呢?是断裂部分的两端,还是环环相扣的整个链条?而何谓"整个链条"呢?责任又应该确定在什么范围内?

6.0 或许,我们不妨把责任范围缩小,分配得更精确一些。而且用传统的叙事术语来表达事物而非等式和整数。因而,比如,假使托尼

那份影印件——这一复本之复本——在此处戛然而止。"因而,比如,假使托尼":页面底部,一行尾端。如果我当时没有马上认出这是艾德里安的笔迹,我也许会认为这份诡异奇绝的残简是维罗妮卡苦心制造出的赝品的一部分。

然而,我不愿想起她——能不想就不想。我只想专注于艾德里安以及他所做的事情上。我不知道怎样说才最好,但是,当我看着这份影印件的时候,我并不觉得我是在审阅某份历史文件——尤其是一份需要详细诠释的文件。不,我只是觉得艾德里安仿佛又来到了这一房间,就在我身旁,呼吸着,思考着。

啊,他依然是那么的可敬可佩。有时候,我极力想象着致人绝命的颓丧,试图召唤出头晕目眩的黑暗,只有死亡,如同一束亮光,突然射进茫茫幽暗中:换言之,人生常态的对立面。然而,在这份文件中——仅仅依据这一页,我把它视为艾德里安对于他自杀行为的理性辩解——作者试图通过一束光来寻找一片光明。这样的解释言之成

理吗？

我深信心理学家已在某地绘制了一幅测量智力与年龄关系的图表。那不是一幅智慧、实用性、组织能力、策略常识的图表——那些随着时间的推移会模糊我们对事物的理解。那是一幅纯智力图表。我猜想，这幅图表将显示，我们大多数人的智力高峰处于十六岁到二十五岁之间。艾德里安的残简令我想起他在那一年龄段时的样子。每次我们聊天甚至争吵的时候，仿佛理顺思绪是他的天生所为，仿佛使用大脑就如同运动员使用肌肉一样自然天成。而且，正如运动员面对胜利之时，时常夹杂着自豪、怀疑和谦逊等奇特的情感——我赢了，可我是怎么赢的？凭自己？靠别人？还是神助我也？——因此，艾德里安带着你踏上了他的思维之旅，仿佛他自己都不太相信这一路竟如此轻松惬意。他已然进入了某种优雅的境界——优雅而不排外。他让你觉得你与他同呼吸，共思考，即使你默默无语。我又产生了这种感觉，这一伙伴之谊，简直是太诡异了，此人虽已逝去，却仍然更具智慧，尽管我比他多活了几十年。

并不只是纯智力，还有应用智能。我发现我正在拿自己的人生与艾德里安的做比较。他拥有洞见内心并审查自我的能力；他拥有正确的道德观并将其付诸实践的能力；他拥有自杀时所需要的全身心的勇气。"他结束了自己的生命"——是这么说的；但是，艾德里安同时也关照自己的生命，掌控自己的生命，把握自己的生命——然后放手松开了它。我们——活着的人——有谁敢这么做？我们浑浑噩噩，我们被动等待，我们逐渐给自己垒起一座记忆之城。这也是一个累加赌注的问题,但不同于艾德里安所指的那样,我们只是简单地把生活叠加在一起。正如某位诗人所言,增加与增长相去甚远。

我的人生呢,是不断增长还是简单累加?这是艾德里安的文字碎片甩给我的问题。我的人生中有加法也有减法,可是又有几多乘法呢?一想到这个,我就心绪难宁,局促不安。

"因而,比如,假使托尼……"字里行间意蕴浓浓,尤其勾连起四十年前的那段时光;我或许发现,这寥寥数词包含或导致了我那位洞悉世界的老友的非难与批评。可是此时此刻,我听到这些词语带有一种更宽泛的指涉——指涉我的全部人生。"因而,比如,假使托尼……"在这一语域中,这几个词语其实自成一体,完全不需要在后面加上某个解释性主语从句。是的,的确如此,假使托尼看得更透彻,做得更决绝,秉承更加正确的道德观和价值观,不那么轻易屈从于他起初称之为幸福,而后谓之为满足的被动温和。假使托尼不胆小怕事,不指望通过别人的认同来获取自我认同感……诸如此类,通过这一系列的假设来推断出最终结论:因而,比如,假使托尼不是托尼。

然而,托尼就是托尼,过去是,现在还是,一个从固执己见中找到慰藉的男人。给保险公司寄信是这样,给维罗妮卡发电子邮件也是这样。你要是敢找我麻烦,我也不会让你好过。我坚持几乎每隔一周就给她发一封邮件,每封邮件用不同的口吻,从诙谐的告诫到"姑娘,学聪明点儿,别干蠢事!"到询问艾德里安写了一半的句子,到半心半意地询问她的生活。我希望,无论她在何时点击收件箱,都能感受到我的守候与等待;我希望她知道,即使她立马删除我的邮件,我也能觉察到这是她的所为,我毫不惊讶,更不会受伤害。我希望她知道,我就在那儿,一直等待。"时—间—在我这边,是的,没错……"我认为这不是骚扰;我只是在追求属于我的东西。随后,某天早上,我得到了答复。

"我明天进城,三点,摇摆桥正中间,不见不散。"

这完全出乎我的意料。我认为她做每件事都会保持一定距离,她惯用的手法是请诉讼律师出面和保持沉默。或许她改变心意了。又或许是我真的激怒她了。毕竟,这一直是我的目的。

摇摆桥是泰晤士河上新架起的人行小桥,连接着北岸的圣保罗大教堂和南岸的泰特现代艺术馆。正式开放时,曾一度摇摆不定——可能是人潮汹涌,众人的脚步所致,也可能是风力的影响,又或者是两个因素共同作用的结果——总之,英国评论界对设计师和工程师们的冥行盲索给予了恰如其分的嘲讽。我倒觉得桥很美。我也喜欢它摇摆起来的样子。它似乎提醒我们,要不时看看脚下,是否站稳了。后来他们加固了桥梁,使它停止了摆动,但是这个绰号依然流传——至少目前是这样。我在想,维罗妮卡为何选择在那里见面?我还想,她会不会故意要我等她?她究竟会从桥的哪边过来呢?

事实上,她比我提前到了。我从远处一眼就认出了她,她那熟悉的身形和站姿。为什么某人的言行举止会久久留在脑中挥之不去呢?这实在令人费解。而她的姿势——让我怎么说才好?一个人能焦躁地站着吗?我不是说她两只脚交替着跳来跳去,而是她浑身上下散发出的焦灼感表明她不愿在此久留。

我看了看手表。很准时,一分不差。我们看着对方。

"你头发都掉了。"她说。

"正常啊。至少说明我不酗酒。"

"我没说你酗酒啊。找个长椅坐下吧。"

她不等我回答就径直走过去。她脚步轻快,要想跟她并排走我就得小跑几步。为了不再助长她的嚣张气焰,我慢悠悠地跟在后面,一直走到一把长椅前。空空的长椅面对着泰晤士河。一阵侧风吹皱水面,我说不清这激起的涟漪究竟如何荡漾。头顶是灰蒙蒙的天空。游人稀稀落落;一个穿轮滑鞋的家伙从我们身后咯嗒咯嗒地滑过。

"为什么人们认为你酗酒?"

"没有啊。"

"那你为什么提到酗酒?"

"不是我提出来的。是你说我头发变少了。事实上,如果你是个嗜酒如命的人,酒精中的某种成分是可以抑制脱发的。"

"真的吗?"

"嗨,你见过秃顶的酒鬼吗?"

"我要是有空,就去做些更有意义的事。"

我看了看她,心想:你一点儿没变,可是我变了。然而,奇怪的是,如此针锋相对的谈话差点勾起了我的怀旧情结。差点。同时我在心里念叨:你这身打扮可真老气。她穿着一件俗不可耐的花呢裙子,一件寒酸的蓝色防雨夹克;河边的风把头发吹得蓬乱不堪。头发和四十年前一样长短,只是多出了不少银丝。或者,不妨说,是银发中夹杂着几丝原来的棕发。玛格丽特曾说过,女人常常犯的一个错误,就是不愿意换掉她们在最迷人时期的发型。当那发型不再适合她们的时候,她们也要再坚持很久,因为她们害怕一剪刀下去就什么都没了。用这个来解释维罗妮卡的心理似乎再合适不过了。也可能她只是不在乎。

"那么?"她问。

"那么?"我重复了一遍。

"是你提出见面的。"

"是我吗?"

"难道不是吗?"

"既然你这么说,那肯定就是我啰。"

"好吧,到底是还是不是?"她一边追问一边站起身子,没错,她的站姿就是很焦躁。

我故意不做任何反应。我没有劝她坐下,也没有跟着站起来。她想走就走呗——她要是想走,挽留也没用。她静静地凝望水面。她的颈部上有三颗黑痣——我是否还能记起它们?如今,每颗黑痣上都长出一根长长的汗毛,它们在光线下格外显眼。

这样很好,不谈琐事,不聊过去,不去怀旧。直奔主题。

"你可以把艾德里安的日记给我吗?"

"不行。"她果断拒绝,连看都没看我一眼。

"为什么不行?"

"我把它烧了。"

一想到她先犯下盗窃罪,后又犯下纵火罪,我的怒气直冲心头。可是,我告诫自己,应一如既往地将她视为保险公司。于是,我超然地问道:

"因为什么?"

她的脸颊微微抽动了一下,但我分辨不出那是微笑还是抽搐。

"别人的日记是不能随便看的。"

"你母亲肯定看过。你肯定也看过,所以才能决定寄给我哪一页。"她没回答。我换了一种策略。"对了,那句话接下来是怎么说的?就是那句:'因而,比如,假使托尼……'?"

她耸了耸肩,皱了一下眉。"别人的日记是不能随便看的。"她重复着刚才的话,"不过,要是想看的话,可以看看这个。"

她从防雨夹克的口袋里掏出一只信封,交给了我,转身离开。

我回家后,又翻看一遍发给她的邮件。没错,我确实没有提出过要见面。好吧,至少没有说过那么多。

不禁想起我看到屏幕上显示出"血腥钱"这三个字时自己的第一反应。我告诉自己:没人死了呀。我只想到了维罗妮卡和我自己。根本没有顾及艾德里安。

我还想起来另一件事:玛格丽特关于两类女人——棱角分明的女人和神秘的女人的理论中,或者,更确切地说,在第二部分关于男人只可能被其中一类女人吸引的问题上,存在一个错误,或者说是统计上的纰漏。对我而言,维罗妮卡和玛格丽特都很有吸引力。

我记得在我青春期将要接近尾声的一段日子里,内心经常会因为各种冒险刺激的念头而陶醉不已。幻想长大以后这些得以一一实现。我要去冒险,探索,发现,邂逅一个个不同的她。我要像小说中的人物那样生活,过完一生。至于哪些人物我却不甚了了,唯一确定的是激情和危险,狂喜和绝望(更多的是狂喜)会悉数到场。不过……是谁说的"艺术就是对渺小生命的放大"？在我将近三十岁的某一天，我忽然发现，我的冒险精神早已渐行渐远。我绝不会追随青春期的种种梦想了。取而代之的是，我开始料理自家的草坪，享受自己的假期，过上了自己的小日子。

但是，时间啊……时间先安顿我们，继而又迷惑我们。我们以为自己是在慢慢成熟，而其实我们只是安然无恙而已。我们以为自己很有担当，其实我们十分懦弱。我们所谓的务实，充其量不过是逃避，绝非直面。时间啊……给我们足够的时间，我们论据充分的决定仿佛就会摇摇欲坠，我们的确信不疑就成了异想天开。

维罗妮卡给我信之后的一天半时间里，我一直没有打开它。我等着，因为我知道她猜我应该不会等待，她希望我在她淡出视野之后马上用拇指揭开封口。可是，我知道信封里不可能装有我想要的东西：比如，行李寄存箱的钥匙，以便我找到艾德里安的日记。同时，我对她一本正经地宣称不应看别人的日记深表怀疑。我相信她烧掉日记，并不是为了维护那些草率建立起来的道德规范，而是要惩罚我在遥远的过去犯下的种种过错和失误。

她提出跟我见面，这件事一直困扰着我。为什么不通过皇家邮政呢，她不就能躲过一次不悦的会面吗？为什么要面对面？难道是因为她想看看我这些年的变化，即使这会让她不寒而栗？我深表怀疑。我又仔细回想了我们在一起的那十分钟——见面的地点，坐过的长椅，双方都想完事走人的焦虑，聊过的只言片语，以及彼此的心照不宣。我最终得出了结论：如果她约我见面不是为了要做什么的话——不是为了交给我这封信——那就是为了跟我说什么，也就是她烧掉了艾德里安的日记。为什么选择在灰暗的泰晤士河畔说这些话？因为她能矢口否认。她不想把打印的电子邮件作为确凿的证据啊。如果她可以谎称是我提出了见面，那么说她否认自己曾承认犯了纵火罪也绝非是歪曲事实。

得出这个初步性的结论后，我一直等到吃晚饭的时候才拿出信封，坐下，给自己倒了一杯红酒。信封上没有我的名字：也许是更便于否认？我当然没有给他。我甚至根本就没有见过他。他不过是个邮件害虫，幻想狂，一个秃头的网络跟踪狂。

从带状的灰色阴影以及第一页的黑边这样的细节中，我看出这还是一份影印件。她怎么回事啊？难道她根本没有经手真正的手稿？然后我注意到上端的日期以及手写笔迹：这是多年前我亲手写的。"亲爱的艾德里安"，这是信的开头。我一口气读完了这封信，然后站起身，拿起酒杯，把红酒倒回酒瓶里，酒溅了一地。然后又倒了一大杯威士忌。

我们多久才跟别人讲述自己的人生故事？我们又是多久会对其调整、修饰，甚至巧妙地删削？年岁越大，周围挑战我们的讲述的人就越少，很少有人会提醒我们，我们的生活未必是我们自己的生活，而仅仅是我们讲述的关于人生的故事。是讲给别人听的，但是——主要是——讲给自己听的。

　　亲爱的艾德里安——不妨说，亲爱的艾德里安、维罗妮卡（贱女人，你好，欢迎读这封信），嗨,你们俩还真是天生一对,我祝愿你们无比快乐。希望你们缠绵相守,以给双方造成永久伤害。我希望你们后悔那天我介绍你们认识。而且,我希望,在你们分手之际——你们最终必定分手——我给你们六个月时间,不过由于你们两人的虚荣心作祟,则可持续一年,我诅咒你们诸事不利——留给你们的是一生的凄楚,它会一点点毒害腐蚀你们往后的关系。我隐隐希望你们有个孩子,因为我坚信时间是复仇大王,没错,将报复施予一代代后人。不妨看看伟大的艺术吧。可是,报复必须有的放矢,那就是你们俩(你们当然不是什么伟大的艺术,不过是漫画家的信手涂鸦)。所以我又不希望你们那样。倘若让某个无辜的胎儿发现它原来是你们俩的崽子——请原谅这一陈词滥调——让它遭受这样的痛苦,那未免太不公平。所以,维罗妮卡,千万别忘了给他那细小的鸡巴套上杜蕾斯。或许你还没有让他越过雷池一步?

好了,客套话也说够了。我再给你们俩奉上几句真心的忠告。

艾德里安:你当然已经知道她是如何玩弄男人于股掌之上了——不过我估计你当初对自己说,她是在与自己的原则做斗争,而你作为一个哲学家,可以用你的灰细胞帮助她克服困难。如果她到现在还没有让你长驱直入,我建议你跟她一刀两断,而她就会带着一袋三个的避孕套、穿着湿漉漉的灯笼裤来到你家,猴急猴急地向你投怀送抱。可是,玩弄男人于股掌之上也是个隐喻:她会操纵你的内在自我,而将自己从你那里撤出来。我把精确的诊断留给精神病医师们来做——根据一周七天可能稍有不同——而只是注意到她根本不会考虑他人的感觉或情感。甚至她母亲也告诫我提防她。如果我是你,我会向她母亲问清楚她曾经所受的创伤。当然了,这些你都要背着维罗妮卡偷偷做,因为,嗬,那女孩是个控制狂。哦,对了,她还是个势利眼,这点想必你已了解,她嫁给你是因为你的名字后面即将拥有剑桥大学文学学士头衔。还记得你曾经多么鄙视"杰克兄"以及他那群爱赶时髦的朋友吗?是不是现在渴望跟那种人一起混?不过不要忘了:假以时日,她一定会瞧不起你的,就像她瞧不起我那样。

维罗妮卡:你们的联名信很有趣。信里充斥着你的恶毒和他的一本正经。真是天生一对。你卓越的社交才能跟他的博学多才真是绝配。但是不要以为你能像征服我(暂时地)那样征服他。我知道你的惯用伎俩——孤立他,切断他和朋友们的往来,从而完全依赖你,等等,等等。也许短时期内会奏效。可是长远看呢?问题的关键就在于在他发现你是个无聊鬼之前,你能不能怀上他的孩子。即使你真的把他搞定了,你就等着一辈子都有人来纠正你的逻辑,早餐桌边学究迂腐的谈话,以及在用餐时对你那装腔作势的样子哈欠连连吧。现在我是不能把你怎么样,可是时间会有所作为。时间会说明一切。它永远都会的。

恭贺佳节,祝愿酸雨降临在你们俩油光闪闪的头上。

托尼

我发现威士忌可以使人清醒，还能缓解疼痛。如果喝够量的话，又能把人灌得很醉。我把这封信读了一遍又一遍，无法否认自己的作者身份或是其丑陋粗俗的内容。我唯一能申辩的是，它的作者是曾经的我，而非现今的我。说实话，我第一眼都没有认出这封信竟然出自我之手。好吧，也许是我在自欺欺人。

刚看完信，我先是想到自己先前的形象：易怒，善妒，邪恶，以及我企图破坏他们关系这一行为。至少在这件事上我很失败，因为维罗妮卡的母亲向我保证说，艾德里安在人生的最后的日子里过得很快乐。倒不是说她的保证让我释怀。曾经年少的我回头来惊醒现在年老的我，让我明白过去或现在的自我呈何等模样，或有时能呈何等模样。而且，就在最近我才发现，我们人生的见证者日渐减少，我们的基本证据也随之消减。如今我手里握着的正是关于我过去的十分不愉快的见证。要是维罗妮卡烧掉的是这份文件，那该多好啊。

我随即想到了她。但想到的并不是她初读此信时的感受——稍后我回头再讲这点——而是她为什么把信又给了我。当然不排除她想借此来说明我有多混蛋。但我认为不止如此：鉴于我们目前的僵局，这也是她的策略之举，是对我的警告。假如我为了搞到日记而在法律上小题大做，她就会奋起自卫。我就成了自己道德品行的见证者。

然后我又想到了艾德里安。我那位自杀身亡的老朋友。这是他收到的我寄给他的最后一封来信。信中对他的人品大肆诽谤，企图毁坏他人生中的第一次也是最后一次恋爱。当我写下那句"时间会说明一切"的时候，我低估了，或者说是误判了一个事实：时间不是在报复他们,而是在报复我。

最后,我记起曾寄给艾德里安一张明信片,那是对他来信的永久回应。装酷地说什么一切均好,老兄。明信片上印的是克利夫顿悬索桥。每年都有一些人从这里投河自尽。

第二天清醒的时候,我重新思考了我们三个人的关系,思考了时光里的许多悖论。比如:年少敏感的时候,我们最容易伤害别人;心中激情渐退、棱角不再尖锐、更加懂得保护自我并学会承受伤害的时候,我们步履也愈加小心谨慎。现在我或许不会让维罗妮卡好过,可我绝不会伤得她体无完肤。

回溯往事,他们告知我他们的恋爱关系,这并非残酷。只是时间不巧,看起来好像是维罗妮卡一手策划的。我为什么要表现出很愤怒呢?因为受伤的自尊、考前的压力、孤立感?这些全都是借口而已。不,我此刻没有感到耻辱,或者愧疚,而是我生命中很少有过的、比前两者更强烈的感觉:悔恨。这一感觉更复杂、更纠结、更原始。其基本特点是:无可奈何——时间已流逝,伤害已造成,无法弥补了。尽管如此,四十载光阴过去,我给维罗妮卡发了封邮件,为我的信深表歉意。

而后,我想到更多的是艾德里安。从一开始,他就比我们其余人看得清楚。当我们沉溺在年少说愁的情绪里,想象着我们每天的不满是对人类境况的原始反应时,他就已经比我们看得远、想得深了。而且他对生命的感触也更鲜明——或许甚至更特别,尤其当他认为生命得不偿失,划不来的时候。和他相比,我总是稀里糊涂,未能抓住有限的机会,从生活中多多吸取教训。我安于现状,整天就围着生存琐事打转：得过且过，一年年的时光就这样流走了。用艾德里安的话说，我听天由命，随波逐流，放弃了审视人生。所以，生平第一次，我开始对人生——我的全部人生——心怀悔恨：一种介于自我怜悯和自我憎恨之间的感觉。我失去了年轻时代的朋友们。失去了妻子的爱。放弃了曾经的抱负。我一心希望生活不要过多烦扰我，并且最终如愿——可这是多么可怜啊。

中等就好，自从离开校园，我就一直这样。上大学时，工作后，中等就好；友谊、忠诚、爱情，中等就好；性，毫无疑问，中等就好。几年前，一项关于英国驾驶员的调查表明，参与调查的人中有百分之九十五的人认为自己的车技"中等偏上"。可根据平均数定律，我们绝大部分人注定平凡。这么说并不能带来任何慰藉。中等就好，这一短语不断在耳畔回响。生命平庸；真理平常；道德平凡。维罗妮卡再次见到我的第一反应就是指出我头发没了。这是其中最微小的例子。

她给我的道歉信回复道："你就是不明白，你知道吗？你从来都没明白过。"我几乎无从抱怨。即便是我发现自己快快地希望她在回信的两句话中哪怕有一句用了我的名字。

我很想知道维罗妮卡是怎么搞到了我的信。难道艾德里安在遗嘱里把一切都留给了她？我甚至都不清楚他有没有立遗嘱。也许他把我的信夹在日记本里，然后被她发现了。不，我思绪有点乱。如果我的信放在日记本里，那么福特太太肯定看见过它——那么她断然不会留给我五百英镑。

我很想知道，鉴于维罗妮卡故意完全鄙视我，为何还要回我的信。

呃,也许,她并不鄙视我。

我很想知道,维罗妮卡是否因为杰克兄告诉我她的电邮地址而找他算账。

我很想知道,很多年前,她说的"感觉不对"是否仅仅只是出于礼貌。或许她那时之所以不想跟我上床,是因为她举棋不定的那段时间我们的性生活没有让她感到足够的快感。我很想知道,我在床上是不是很笨拙,很莽撞,很自私。如果不是的话,那又是怎样的呢?

我讲述着我和杰克的联系,艾德里安的日记,桥上的碰面,信的内容,以及我的悔恨,玛格丽特坐着,边听边吃乳蛋饼和沙拉,随后蘸着水果酱吃意大利奶酪。她把咖啡杯放回杯托,发出轻轻的撞击声。

"你不会还爱着水果蛋糕吧。"

"不,我没觉得自己还爱她。"

"托尼,我没在问你,那是个陈述句。"

我温柔地望着她。她比世界上任何一个人都了解我,即使这样还愿意和我一起用午餐。愿意让我一直讲自己讲个不停。我冲她一笑,毋庸置疑,她对那笑容熟稔无比。

"有时候我也是会让你惊奇的。"我对她说。

"你依然会让我惊奇啊。今天就让我惊奇了嘛。"

"是的,但我想让你惊奇的时候,是想让你看到我好的一面,而不是更加糟糕的一面。"

"我没有觉得你糟糕。我甚至都没觉得水果蛋糕很糟糕,尽管我承认我对她的评价从来都不会超过海平线。"

玛格丽特并没有得意扬扬;她也知道她无须指出我对她的忠告充

耳不闻。我觉得她喜欢当一个善解人意的倾听者,也喜欢自己被提醒幸好跟我再无瓜葛了。我这么说并没有什么恶意。我觉得事实就是如此。

"我能问你件事吗?"

"什么时候都可以。"她回答道。

"你离开我是因为我的缘故吗?"

"不是的。"她说,"我离开你是因为我们两个人的缘故。"

我和苏茜相处得很好,我这个人喜欢一遍遍地重复。我很乐意在法庭上做此陈述。苏茜三十三了,也可能三十四。对,是三十四。自从我坐在市政厅橡木雕饰的第一排位子上充当见证人之后,我们就没有过任何争吵。我记得那时我就在想将她"休"掉——或者,更准确地说,把我自己"休"掉。义务已尽,独生女儿看起来只是婚姻暂时的避风港湾。现在你要做的就是不要患上老年痴呆症,并且记住把你所有的钱全留给她。你完全可以比你的父母做得更好嘛,要死的时候,得让这笔钱能真正为她所用。这倒是个开端。

假如我和玛格丽特还在一起,我可不敢说她一定会准许我成为一个溺爱孙子的爷爷。玛格丽特更有用,这一点倒也不奇怪。苏茜不想把孩子留给我,因为她觉得我没那个能力,尽管换尿布之类的事情都是我做的。"等卢卡斯长大一点了,你可以带他去看足球赛。"有一次她这么跟我说。哦,台阶上的外公眼睛里结满眼屎,引导小家伙进入足球的神秘世界:如何讨厌穿不同颜色 T 恤的人,如何假装受伤,如何把鼻涕甩在球场上——小子,看哪,按住一个鼻孔,然后把那绿乎乎的

103

玩意儿从另一个鼻孔轰出来。在懂得人生真谛之前,如何虚度最美好的年华。哦,说对了,我可是盼着把卢卡斯带入足球的世界呢。

可是苏茜没注意到我不喜欢足球——或者说是不喜欢现在的足球。她对感情很实际,她就是这样的人。这一点跟她妈一样。所以她并不关心我真实的感受。她宁愿假设我怀有某些情绪,然后按照那一假设行事。某种程度上,她认为离婚的问题在我。如是:既然她母亲做了所有的一切,那很明显,离婚全是她父亲的错。

性格会随着时间而发展变化吗?在小说里,当然会:否则就没啥故事可讲了。可生活里呢?我有时候很想知道。我们的态度和观点会变,我们会有新的习性和怪癖;可那不一样,更像是装饰。或许性格和智慧一样,只是性格定型得要晚一些:二十岁与三十岁之间。从那之后,我们基本上就定型了。我们就只能靠自己了。假如是这样,那便能解释许多人生,不是吗?而且还可解释——不知这字眼是否太宏大——我们的悲剧。

"累加赌注问题。"艾德里安写道。你把钱押在一匹马身上,它赢了,你把赢的钱又加注在下一场比赛的马身上,如此下去,你赢的钱就不断增加。可是你的损失也会如此吗?在赛马场上当然不会——在那儿,你损失的是你原来的赌注。但在人生中呢?或许,生活与赛马场的规则不一样。你赌定一段恋爱关系,失败了;你继续下一段关系,又失败了:或许,此时你失去的就不只是两个减法的简单相加,而是赌注的相乘了。不管怎样,人生的感觉就是这样的。不只是加法或减法。是损失或失败的累加,相乘。

艾德里安的文字片段里也涉及了责任问题:是否有一条责任链,或者是否我们把这个概念狭隘化了。我赞成把责任概念狭隘化。对不起,不,你不能因为你有或没有兄弟姐妹,或者你的基因,或者社会,或者不管什么,而去责怪你那死去的父母——在通常情形下,你不能这样干。从一开始你就得秉承一个观念,即你自己是你唯一的责任,除非有强有力的证据证明事实相反。艾德里安比我聪明许多——在我用常识的时候他用逻辑——可我想,最终,我们多少有点殊途同归。

这倒不是说,我可以理解他笔下的一切。我盯着他日记里的那些方程式,百思无解。不过,说实在的,我从来就不擅长数学。

我并不嫉妒艾德里安的死,我嫉妒的是他人生的清澈。不仅仅是因为他的所见、所思、所感和所为比我们其余人都要清晰澄明,而且是因为他死得适时。我可不是指第一次世界大战时的那种废话:"如花的年轻生命夭折"——罗布森自杀时我们校长还在捣鼓这句话——还有"众生逐渐老去,他们却青春永驻"。我们其余人中大部分都不介意变老。这总比我书中的其他选择要好。不,我的意思是,你二十几岁的时候,即使你对你的志向和目标很迷茫、很不确定,你却能强烈地感受到生活本身是什么,生活中的你是什么样子,会变成怎样。后来……后来,这种不确定性越来越多,相互交叉,前后纠缠,虚假记忆日渐增加。想当初,你能记住你短暂人生的全部。后来,记忆变成了一件百衲衣。有点像一个黑匣子记录一架飞机失事的全过程。假如没有失事,磁带会自动销毁。所以,如果你真的坠毁了,其原因便一目了然;而如果你没有坠毁,那么你的航行日志就不那么清楚。

或者,不妨换句话讲吧。有人曾言,历史上他最喜欢的时光在于事物崩溃之际,因为那意味着新事物正在诞生。假如我们把这一观点运用到每一个个体的生活之中,这能说得通吗?在新事物正在诞生之际死亡——即使那新生的只是我们固有的自我?因为,正如一切政治和历史变革迟早会令人失望,成年大抵也是如此。人生亦然。有时候我想,生命的目的在于将我们磨得疲惫不堪,证明人生并非全然像所赞美的那样,不管这证明要多久,以此令我们对于最终的失去心甘怡然。

想象某个人,深夜时分,微醉,给前女友写信。他在信封上写好地址,贴上邮票,穿上外套,走到信筒,把信塞进去,走回家,上床睡觉。而最有可能的是,他不愿做最后的一系列动作,不是吗?他会把信留到第二天早上再寄。然后,很有可能,会三思而后行。所以,对于电邮,有很多可说的,它的冲动性、及时性、真情实感,甚至是言语失态。我的思路是这样的——姑且认为思路这个词没有大词小用——为什么要相信玛格丽特的话呢?——她甚至都不在场,而且只能持有偏见。于是,我电邮了维罗妮卡,标题写着"问题",然后问她道:"你觉得当初我爱上你了吗?"我用本人姓名的首字母落款,趁还没有改变主意,敲击了"发送"键。

没想到她竟然在第二天早上就回信了。这一次她没有删去我的题目。她回复道:"如果你必须问这个问题,那么我的回答是

'没有'。维。"

我觉得她的回复很正常,甚至有点鼓舞人心,或许这说明了我目前的心态。

我的反应是给玛格丽特打电话,告诉她我和维罗妮卡的电邮问答,或许这也说明了什么。一阵沉默后,我的前妻轻轻地说:"托尼,你现在得靠你自己了。"

当然,你还可以做其他解释;你永远都可以。所以,比如,有个关于鄙视的问题,以及我们对它的回应。杰克兄朝我使了个傲慢的眼色,四十年后,我使出自己浑身的魅力——不,我们别夸张了:我用某种虚假的礼貌——从他那儿获取信息。然后,我立马背叛了他。你看不起我,我还瞧不上你呢。不过,我现在得承认,当时,说实在的,他或许只是对我鲜有兴趣罢了。瞧吧,这就是我妹妹的新欢——他可不是第一个,而且,毫无疑问,肯定也不是最后一个。没必要过于细致地审视这个昙花一现的家伙。但是,我——我——那时候就是感觉到了他的鄙视,而且一直记在心上,而且以其人之道还治其人之身。

或许,说到维罗妮卡,我是想有所超越:不是还以鄙视,而是战胜鄙视。你应该能明白这样做的诱惑所在。因为再次展读我的那封信,分明感受到它的粗鲁和挑衅,在内心深处掀起一股强烈的冲击波。如果说她之前没有鄙视我的话,那么艾德里安给她看过信后,她必定会对我嗤之以鼻。而且也必定会把那怨恨年年延传,并以此为由扣下甚至销毁艾德里安的日记。

我之前已经确定地说过,悔恨的最大特点便是无能为力:道歉或者改过都为时已晚。可是,假如我错了呢?假如有办法可以让悔恨倒流,嬗变成单纯的内疚,然后道了歉,被原谅了呢?假如你可以证明你不是她所认为的那个坏人,并且她又愿意接受你的证据呢?

又或者,也许我的动机完全来自另一个方向,不是关于过去,而是指向未来。和大部分人一样,我对展开一段旅程持有迷信。我们知道,从统计学的角度看,飞行比步行到一个街角小店还要来得安全。尽管如此,在动身离开之前,我还是要做一些事情,如结账,清理通信记录,跟某个亲人通个话。

"苏茜,我明天就走了。"

"好的,我知道,爸爸。你告诉过我的。"

"我告诉过你吗?"

"是的。"

"哦,我只是想道个别。"

"对不起,爸爸,孩子们很吵。你刚才说什么?"

"哦,没什么,告诉他们我爱他们。"

当然,你做这些只是为了自己。你是想要留下那最后的记忆,而且使之成为一段美好的记忆。你想要留个好印象——万一你厄运当头,所搭乘的飞机没有步行去街角小店安全呢。

假如这是我们在马略卡岛冬季五日游之前的表现,那么,当那最后的旅程——机动车轮奔向火葬场——到来之际,生命在迈向终结之时为何不应有一个更为广阔的过程?不要想着我的坏,而要记着我的好啊。告诉大家你喜欢我,你爱我,我不是一个坏蛋。纵然,或许,这一切都不是事实。

我打开一本旧相册,看着那张她让我在特拉法尔加广场拍的照片。"跟你的朋友拍一张。"亚历克斯和科林很夸张,摆出一副"记录这一历史性时刻"的表情,艾德里安一如既往地严肃,而维罗妮卡——我此前从没注意到过——正稍稍朝艾德里安靠近。没有抬眼看他,可同时也没朝镜头看。换句话说,她没看我。那天我吃醋了。我想要把维罗妮卡介绍给我的朋友们,想要维罗妮卡喜欢他们,他们也喜欢维罗妮卡,当然他们要喜欢我多一点。现在想想,这也许是年轻时一个不切实际的期待。所以,当她不停地问艾德里安问题时,我一副气呼呼的样子;稍后,在酒店酒吧里,艾德里安猛批杰克兄及其好友,我当时立马感觉舒服多了。

我想了一下要联系亚历克斯和科林,想象着向他们索要回忆和证据。可他们并不是故事的中心人物;我就没指望他们的回忆比我的好。假如他们确证的事实其实一点也没用,反而有害,那该怎么办?事实上,托尼,我想哪,都这些年了,也该说出真相了,艾德里安老是在背后捅你刀子。哦,还真"有趣"。是的,我们俩都注意到了这一点。他说你没有自己想象中的那么友善,也没那么聪明。我知道,还有呢?是的,他说了,你想当然地自以为是他最亲密的朋友——不管怎样,比我们两个人更亲密——那样子真诡异和不可思议。是的,就这些了吗?还有:任何人都能看出来,那个女的叫什么来着,她不过是跟你玩玩的,一看到更好的马上就把你甩了。你没有注意到,我们大家见面的那天她跟艾德里安调情的样子吗?我们两个人都震惊了。她几乎把舌头都伸进他耳朵里去了。

不,这些没有用。福特太太死了。杰克兄不在场。唯一可能的见证人,唯一的确认者,是维罗妮卡。

我说过我不会让维罗妮卡好过,对吧? 这个表述有点奇怪,总是让我想起玛格丽特烤鸡的样子。她轻轻地捣松鸡胸和鸡屁股上的皮,然后在下面涂上黄油和香料。也许是龙蒿。可能还有些大蒜,我不确定。不管是那时还是之后,我自己从来都没尝试过;我手指太笨拙了,我想象着用手指剥下鸡皮。

玛格丽特告诉过我一种更奇特的法式做法。他们把一片片黑色的松露放在鸡皮下面——你知道他们把这叫什么吗? 半孝鸡。我猜这个菜谱可以回溯到人们几个月只穿黑色,再几个月只穿灰色,然后才慢慢进入穿彩色服装的年代。全孝——半孝——四分之一孝。我不知道这些是不是专业用语,但我知道服装的色彩等级变化全部都记在一张表格上。现在,穿孝服能穿多久呢? 多数情况下只穿半天——一场葬礼或火化以及后面的丧宴,时间已足够长了。

抱歉,有点离题了。我想让她不好过,我是这么说的,对吗? 这么讲能表达出我想要的本意吗? 或者是别的意思? 《爱你爱到心坎里》——这是一首情歌,是吧?

我一点不怪玛格丽特,一丁点也没有。但是,简单来说,如果我孤身一人,那么我还有谁呢? 在给维罗妮卡发新邮件之前,我犹豫了好几天。邮件里,我问候了她的父母:父亲尚还健在? 母亲最后走得还安详? 末了,还加上了一句:虽然我和他们只有一面之缘,但却给我留下了美好的回忆。好吧,我承认那句话半真半假。我自己也不明白我为什么会问这些问题。我想我只是想干点平常的事儿吧,或者,至少假装某些事儿很正常,尽管事实并非如此。你还年少的时候——当初我年少的时候——你希望自己的性情能像书中主人公的那样。你希望颠覆命运,希望创造和定义新的现实。但是,我想,过了不久,你便希望自己的性情变得更温和一些,更实际一些:你希望以性情来支撑你业已定型的生活。你希望它们告诉你一切都很好。请问,这么做有错吗?

维罗妮卡的回复出人意料,也让我释怀。她并没有觉得我的问题无礼鲁莽。我这么问,她好像还挺高兴的。后来,她爸爸酗酒越来越凶,结果呢,大概三十五年前食道癌夺去了他的生命。读到那儿,我停了下来,霎时愧疚难当:在摇摆桥上我对维罗妮卡最开始说的有关秃头酒鬼的话太没礼貌了。

她爸爸过世后,她妈妈把奇斯尔赫斯特的房子卖掉了,搬到了伦敦。她开设美术课,学会了抽烟,收起了房租,尽管她生活依然充裕。她身体一直很好,一两年前她的记忆力突然不行了。可能是轻微中风所致吧。她把茶放到冰箱里,将鸡蛋放入面包盒里,诸如此类的事情总是发生。有一次烟头没掐,差点把房子都点着了。其间,她一直都积极乐观,但突然之间病情就恶化,说不行就不行了。最后的几个月里,她一直在和病魔做斗争,呃,不,她走得并不安详,虽然这已经是万幸了。

我把这份邮件反复读了好几遍,试图寻找其中的陷阱、含糊不清的话语和蕴含的侮辱。但什么也没找到——除非直来直去的大白话本身就是陷阱。这是一个寻常、伤感——而又太过熟悉——的故事,讲得也很朴实。

当你开始忘记事情的时候——我是指衰老可以预见的颓境,并不是老年痴呆——人们的反应各有不同。你可以坐在那里,强迫你的大脑把熟人、花朵、火车站、宇航员等的名字通通交出来;或者你承认自己记忆力衰退,采取切实的行动,然后从书上、网上查找相关的资料;又或者任其自然——忘却记忆这档子事儿——然后,有时,一个小时或者一天之后,往往在随着年老而来的漫漫不眠之夜里,错置的事实便猝然浮现脑海。唉,我们这些容易忘事的人,全明白这事。

然而,我们也明白别的事:我们的大脑不喜欢被模式化。正当你觉得一切都不过是减法和除法的时候,你的大脑——你的记忆——也许会让你大吃一惊。它仿佛在说:千万别指望你可以这样顺顺利利、舒舒服服、慢慢腾腾地衰亡——生活可比这复杂多了。因而,脑海里会不时地浮现出零零星星的回忆,甚至那些熟悉的记忆也被拆分得支离破碎。我惊恐地发现,这一切正发生在我身上。我渐渐记起——毫无顺序和意义感可言——很久之前和福特一家度过的那个周末,那埋藏在记忆深处的零星细节。从我阁楼的房间里,越过层层屋顶,可以眺望到一片树林;楼下,时钟当地敲了一下,刚好慢了五分钟。福特太太把散裂的熟鸡蛋扔进垃圾桶,脸色担忧——为了那鸡蛋,而不是我。饭后,她的丈夫劝我喝点白兰地,我拒绝了,他便问我究竟是真男人还是胆小鼠辈。她的哥哥杰克称福特太太为"母亲大人",譬如,他问她:"您认为什么时候才能开饭,喂饱我们这帮挨饿兵呢,母亲大人?"第二天晚上,维罗妮卡不光送我上楼。她说:"我要送托尼回房间。"

说罢,当着全家人的面拉起了我的手。此时,杰克说道:"母亲大人怎么想呢?"但母亲大人只是笑了笑。那天晚上,我匆忙地向他们道晚安,因为我分明感到自己的阴茎勃起了。我们慢慢走向我的卧室,维罗妮卡背靠着门吻了下我的嘴,在我耳边低语:"睡他个好觉!"我现在依然记得,大概过了四十秒钟后,我就对着那小水槽自慰,将喷射而出的精子哗地冲下屋子的水管。

我一时兴起,在谷歌上搜索奇斯尔赫斯特,竟然发现镇上根本没有圣米迦勒教堂。这么说来,福特先生开车带我们游览小镇十之八九只是个臆想——一个私人玩笑,要么就是骗我的。我非常怀疑那个地方是不是也没有皇家咖啡馆。随后,我用谷歌地图仔仔细细地搜索那个小镇,可是我要找的那座房屋好像已不复存在了。

又一个晚上,我也是喝了一些酒,然后打开电脑,在地址簿上找到维罗妮卡的名字,我的地址簿里就只有一个维罗妮卡。我打了电话,想约她再见上一面。也许我先前把事情搞得很糟,我为此很是抱歉。我保证我并不想谈论她妈妈的遗嘱。这也是真的,虽然直到我写那句话,我才意识到有好几天都没有想艾德里安和他的日记了。

"你这是想做一个了结吗?"她回复道。

"我不知道。"我答道,"但至少见一面不会有什么坏处,是吧?"

她没有回答那个问题,但当时我没注意,也不介意。

我不知道为什么,隐隐觉得她会提议在桥上再见一面。要不然呢,或者在某个舒适而比较私密的地方:一个被人遗忘的酒吧,一家安静的餐厅,甚或查令十字酒店的酒吧。然而,她却选择了牛津街约翰·刘易斯大厦三楼的啤酒屋。

事实上,这也有其便利的一面:我需要几米长的细绳穿窗帘、水壶除垢器和一些衣料补丁——裤子膝盖处裂开时,得把补丁熨烫在裤子的内衬上。在当地已很难再找到这样的东西了:我住的地方,这些大有用处的小商铺大多早就变成了咖啡馆和房产中介。

进城的火车上,有个小女孩坐在我对面,塞着耳机,双目微闭,脑袋随着音乐晃动,丝毫不受外界影响,她的世界里只有音乐。突然之间,我想起了维罗妮卡在翩翩起舞。是的,她不跳舞——这是我说的——但有个晚上,她心血来潮,淘气起来,把我房间里的流行歌曲唱片翻了出来。

"放上一首,让我看看你跳舞。"她说道。

我摇摇头。"跳探戈得要两个人。"

"那好,你先跳,我一会儿跟你一起跳。"

于是,我放了张转速每分钟 45 转的胶木唱片,穿过房间走向她,像个骷髅似的不自然地耸了下肩,双目微闭,仿佛尊重她的隐私,然后我就直接开跳了。无非就是展示了当时男生的一些基本舞步,看起来颇有个性,但实际上都在模仿风行一时的规范动作:甩头,阔步,扭肩和顶骨盆,时不时还伴有激动地抬起胳膊和低沉的哼吟。过了一会儿,我睁开眼睛,以为她还坐在地板上,正在嘲笑我呢。然而,出乎意料的是,她却在那里轻盈起舞:秀发半掩脸庞,小腿紧绷而有力,那曼妙的身姿让我不由得怀疑她是不是学过芭蕾。我看了她一会儿,不知道她是在邀请我加入还只是在随着忧伤蓝调起舞。事实上,我可无所谓——我在尽情享乐,心中泛起一阵小小的成就感。过了一会儿,内德·米勒的《从贫民到国王》已经换到下一首鲍勃·林德的《缥缈的蝴蝶》,我靠近她一些,但是她压根没有注意到,转啊转地就撞到我身上来了,几乎失去了平衡。这时我扶住了她。

"你看,跳舞也不是那么难的嘛。"

"哦,我从来不觉得它难。"她回答道,"嗯,很好。谢谢你。"她装作很正式地向我道谢,然后径直走过去坐了下来。"如果你还想跳的话就跳吧。我已经过足瘾了。"

毕竟,她还是跳了一次舞。

我在男子服饰用品店、厨具和窗帘商铺中奔波采购,最后去啤酒屋找她。我提前了十分钟,但显而易见,维罗妮卡已经在那里了,低着头看书,仿佛胸有成竹我一定能找到她。我把包放下的时候,她抬起头微笑了一下。我心里暗自忖度:你看起来也没有那么白发苍苍、衰老憔悴嘛。

"我还是秃顶。"我说。

她继续微笑着,笑容少了一半。

"你在看什么?"

她把平装书皮翻过来给我看。是斯蒂芬·茨威格的一本书。

"这么说来,你终于看到字母表最后一个字母 Z 了。斯蒂芬·茨威格后面不可能还有人了吧。"

我怎么突然之间那么紧张?说话又像个二十岁的毛头小伙子了。再说,我还没看过斯蒂芬·茨威格的任何书呢。

"我在吃意大利面。"她说。

还好,至少还不是奚落。

我看菜单的时候,她就继续看她那本书。从桌子望过去,可以看到外面自动扶梯纵横交错,人流上上下下,在匆忙购物。

"我坐火车来的时候,记起你跳舞的情景。在我房间里。在布里斯托尔。"

我本以为她会反驳我,或含沙射影地讽刺一下我,但她仅仅说:"你怎么就记起了那件事呢?"现在进一步证实她对我没有恶意,我开始觉得自信又恢复了。这次,她穿着更时髦,头发也服帖,好像没有那么灰白。不知怎的,在我的眼中,她看上去既像二十来岁又像六十来岁。

"嗯,"我说,"这四十年来你过得怎么样?"

她看着我。"你先说。"

我把我的人生故事告诉了她。那个我告诉自己且站得住脚的版本。她问起"我曾见过的你的那两位朋友",她似乎已记不起他们的名字。我告诉她我如何与科林和亚历克斯失去联系,我一边和她讲起玛格丽特、苏茜以及当了祖父,一边努力将玛格丽特"水果蛋糕怎么样?"的絮絮低语从脑子里赶走,我谈到了我的工作、退休及退休之后的充实生活,还有我的寒假——今年我打算换个地方,到大雪纷飞的圣彼得堡去——我想让自己听上去日子过得心满意足,但又不至于扬扬自得。就在我兴冲冲地讲我的孙辈的时候,她突然抬起头,一口喝完咖啡,把钱往桌上一放,呼地站了起来。我正准备去拿我自己的那份钱时,她开口道:

"不,你坐着,把东西吃完。"

我决计不做任何可能冒犯她的事,于是便坐了下来。

"那么,下面轮到你了。"我说道。意思是:该她开讲她的人生故事了。

"轮到干吗?"她问道,但我还没来得及回应她就走掉了。

是的,我知道她做了什么。她跟我待了一个小时,却没有吐露任何有关她自己的事情,更不必说秘密了。她住在哪儿,过得怎样,有没有跟人同居,有没有孩子,对这一切她守口如瓶。她的无名指上戴着个红玻璃戒指,散发着神秘莫测的光芒,就像她本人一样难以捉摸。但我一点儿都不介意。真的,我发现自己就像个第一次约会的毛头小伙子,趁没犯下大错赶紧逃之夭夭。当然,根本并非如此。初次约会之后,你不会坐在火车上,大脑中充溢着四十年前你们性生活的种种,那些被遗忘的记忆。当时,我们是多么迷恋对方;她坐在我的大腿上,感觉是那么轻盈;我们的性生活是如何令人兴奋;尽管我们没有"完全性行为",但是,爱抚、温存、坦诚、信赖——这一切尽数在焉。我毫不在意有没有"高潮迭起",毫不在意那次送她回家后那阵阵不可抑制的自慰,毫不在意躺在床上孤枕难眠,那时只有浮想联翩和迅速回潮的勃起。当然,这一逆来顺受也源于我的害怕:害怕怀孕,害怕说错话做错事,害怕自己无法处置极度的亲密。

随后的一个星期,波澜不惊。我重新扎好遮帘,除去水壶污垢,修补一条旧牛仔裤的裂口。苏茜没打电话给我。而玛格丽特,我知道,她会一直沉默,除非我主动联系她。可是,她在期待什么呢?奴颜婢膝的道歉?不,她并不热衷于惩罚;她总会接受我悔恨的笑容,然后把这当作是对她大智慧的肯定。但这次也许并不尽然。事实上,在一段时间内我可能不大会见到玛格丽特。内心中,我隐隐不待见她,直想远离她。刚开始,我也不能理解自己的这种情绪:是她告诉我我现在得靠自己了。可是,我又想起了很久以前,我们结婚早些年的时候,办公室有个小伙子组织了次聚会,邀请我去参加,但玛格丽特不想去。在聚会上,我和一个女孩调情,她也和我眉来眼去的。好吧,不仅仅是打情骂俏,虽还不至于发生关系甚至连前奏都不是——但我一清醒过来就断然中止了。然而,这让我既激动又愧疚。现在我意识到,我又在经历这种情感纠葛了。我花了点时间才把这件事理出头绪。最后我告诉自己:是的,你对二十年前离婚的前妻心怀愧疚,对你四十年没见的女朋友念念不忘,兴奋难当。谁能说余生没有惊喜呢?

我不想给维罗妮卡压力,想着这次要等她来联系我。我勤查收件箱。当然,我不指望她热情迸发,但希望她也许会发一条礼貌周全的消息,告诉我阔别多年再见还是很愉快的。

唉,也许,这次见面不甚愉快。也许她出去旅游了。也许她的服务器坏了。是谁说人要永怀希望和信念? 看到报纸上所谓"黄昏恋"的故事时,你知道自己是怎么想的? 难道不是经常是养老院里孀居或鳏居的怪老太太、怪老头,咧着镶着假牙的嘴,牵着患有关节炎的手走在一起? 他们还像年轻小情侣那样卿卿我我,说些什么"我一见到他/她,就知道他/她是我的人儿"之类的话。一方面我总是被感动得一塌糊涂,想要为此欢呼;但另一方面总是谨慎而困惑:那种玩意儿为什么还要再来一遍? 你难道不知道一朝被蛇咬,下次再被咬吗? 可是现在,我发现自己非常反感我自己的……什么来着? 墨守成规,毫无想象力,预见失望?此外,我觉得起码我还没到戴假牙的地步。

那天晚上,我们一干人来到敏斯特沃斯探寻赛文潮。维罗妮卡和我一起去的。原来记忆肯定把这个抹去了,但现在我知道这是事实,她是跟我在一起。我们坐在湿淋淋的河边一块湿漉漉的毯子上,十指紧扣。她还带了一瓶热巧克力。真是纯真年代啊。月色溶溶泻下,照在滚滚涌来的潮汐上。人们欢腾雀跃,惊呼其到来,惊叹其退散,随后便随着交相错杂的手电筒灯光融入沉沉夜色中。只有我与她谈论着世间的事情有时是多么不可思议,除非你亲眼看见,否则有些事情你压根就不会相信。我们思绪万千,甚至有些严峻深邃,而不是狂喜兴奋。

至少,那是我现在的记忆。不过,你要是在法庭上盘问我,我怀疑自己能否对答如流,自圆其说。

"可是,你说这段记忆被压抑了四十年?"

"是的。"

"只是在最近才浮现脑海?"

"是的。"

"你能解释为何它会浮现脑海?"

"其实,恐怕不行。"

"那么,让我这样跟你说吧,韦伯斯特先生,这整件事情都是你虚构出来的,无非是想为你对我的委托人日益萌生的情愫辩解,法庭理应了解,对这一假定前提,我的委托人感到非常厌恶。"

"是的,也许是这样的吧。可是——"

"可是什么呢,韦伯斯特先生?"

"可是,我们这一生当中不会爱上很多人。一个,两个,三个? 有时候,当你意识到的时候,已为时太晚。除非那个时候还不见得太迟。你读过那个巴恩斯特珀尔养老院里的黄昏恋故事吗?"

"哦,韦伯斯特先生,请千万别把煽情的文学作品搬到这里来。这里是法庭,我们用客观事实说话。这一案例究竟说明了什么客观事实呢?"

我只能回答说,我认为——我做理论推断——某些事情——别的事情——曾一度发生在了记忆身上。这么多年来,你伴随同样的循环、同样的情感、同样的事实活了下来。我按下标着艾德里安或维罗妮卡的按钮,磁带转动了起来,那平常的东西便缓缓卷出。这一件件事情再次确证了我的种种情绪——憎恨,委屈,释怀——反之亦然。好像没有办法触及其他任何东西;此案已告了结。这就是你想追索确凿证据的缘由,即使最后证明它矛盾百出。但是,甚至到了后期,假如你对这些久远的人和事的情感改变了,那又如何呢? 我那封恶心透顶的信让我深深悔恨。维罗妮卡对她父母去世的描述——是的,甚至是她父亲的去世——深深地触动了我,远非我能想象。我内心对他们——还有她——滋生了新的同情。后来,不久之后,我开始忆起遗忘了的往事。我不知道对此是否有科学的解释——新情感状态重新打通堵塞的神经通道。我所能说的就是它确然发生了,而且令我惊讶不已。

唉,就这样——管他什么头脑中的出庭律师——我给维罗妮卡发了封邮件,提议再见一面。邮件中,我为上次只顾自己滔滔不绝地说话而深表歉意。还想多听她说说她的生活和家庭。下几周某一天我得去伦敦。她是不是想在老时间老地方见呢?

以前的人们,是怎么忍受等待信件的漫长日子呢? 我猜想,那时,等上三周邮差的感觉,应该和现在花三天等一封电子邮件的感觉差不多。三天能有多长? 长到让你最终收到回复时足以欣喜若狂。维罗妮卡甚至没删掉我邮件的标题——"嗨,还是我!"——而此刻这竟让我觉得很迷人。不过她应该没生气,因为她同意了和我再见次面:时间是一周后的下午五点,地点在伦敦北部一个我不熟悉的地铁站。

我发现自己坐立不安。谁能不这样呢? 诚然,她没写"带上过夜的衣服和护照"云云,但我的生活似乎颇为狭隘,少有变奏曲,着实可怜。这次,我的第一反应还是打电话给玛格丽特;不过仔细考虑后我又改变了想法。说到底,玛格丽特不喜欢意外。她以前是——现在依然是——那种习惯按计划办事的人。怀上苏茜前,她坚持监测自己的受孕周期,并据此决定最佳做爱时间;有时这会让我"性"奋期待,而其余时候——事实上是大多数时候——效果适得其反。玛格丽特绝不会跟你定下个神秘的约会,约在某条偏远的地铁线上见面;相反,她会跟你约在帕丁顿站的大钟下碰头,而且必然有个明确的目的。不过你得明白,那时我也不是说不想这样过日子。

接下来的一周,我想重新打开有关维罗妮卡的回忆之门,但什么也没想起来。也许是我太心急,给了大脑太大的压力。于是我只好退而求其次,在脑海中一遍遍循环播放那些我还记得的画面:熟悉的旧景以及最近的新貌。我检视所有的场景,扳着手指反复把玩,看看它们现在是否有了不同的意味。我开始回头细细审视年轻时的自己。

自然,我那时很傻很天真——谁又不是呢?但我不会去夸大这些缺点,因为那样不过是在变相抬高现在的自己罢了。我尽量做到实事求是。我与维罗妮卡的关系,这么多年以来我一贯保持的印象,即是我当时所需要的。那颗年轻的心遭到了背叛,那副年轻的身体被肆意玩弄,那个初出茅庐的青年被屈尊对待。当我蓄意宣称历史不过是胜利者的谎言时,老乔·亨特是怎么说来着?"只要你记住,它也是失败者的自欺欺人。"事关个人生活时,我们有多少人还记得这句话呢?

无视岁月流逝的人说:四十岁算什么,五十岁是你的黄金期,六十岁是新一轮的四十岁,诸如此类。我深知:既有客观时间,又有主观时间;主观时间乃是你戴在手腕内侧、紧靠脉搏的时间。而这一私人时间,即真正的时间,是以你与记忆的关系来衡量的。因此,当这件奇事发生时——当这些新的记忆突然向我袭来时——那一瞬间仿佛时光回转,那一时刻仿佛江川倒流。

可想而知,那天我到得太早了,于是我提前一站下了车,拿了份免费报纸,找了张长椅坐下读了起来——或者说,一动不动地死盯着报纸。然后我又乘车坐到下一站,自动扶梯将我送至售票厅,我步入伦敦市内一片不熟悉的地区。过检票口时,我看见一个特别的身形,那站姿也很独特。她掉头就走,我立马跟了上去,经过一个公交站,走进一条小街。她打开停在那儿的一辆车,我坐进了副驾驶座。转头看时,她已经在发动车子了。

"还真巧,我也有辆波罗。"

她没反应。我不该感到惊讶。据我所知,我记忆中的维罗妮卡开车时是绝不会聊天的。我也不会——不过我知道不必解释。

那天下午还是很热。我摇下我这边的车窗,她看了过来,皱了皱眉。于是我关上了车窗。哦,算了,我对自己说。

"那天我在想咱们是什么时候去塞文河观潮的。"

她没回应。

"你还记得的吧?"她摇了摇头。"真的忘了?咱们当时有一大群人,在敏斯特沃斯那里。那天的月亮……"

"在开车。"她说。

"好的。"既然她想那样,好吧。说到底,这是她的远征。我闭上嘴,转头看向窗外。便利商店,廉价餐馆,投注站,一干人在一台提款机前排队,几个女人,衣服的接合处凸露出片片肥肉,一大片垃圾,一个大喊大叫的疯子,一个肥胖的母亲领着三个肥胖的孩子,各种肤色各个人种的面孔:一条五花八门的大街,典型的伦敦景观。

几分钟后,我们开到了一片豪华别墅区。独门别墅,屋前花园,傍山而立。维罗妮卡熄火停车。我暗想:好吧,这是你的游戏——我就等你来设置规则吧,管他什么呢。但我心里也在隐隐骂道:就因为你又有当时摇摆桥上的那种心情了,我就得委屈自己乖乖按你说的来?操他的,老子才不干!

"杰克兄可好?"我问道,一副兴致勃勃的样子。这次她可不能再拿"在开车"来搪塞我了。

"老样子。"她答道,看都没看我。

好吧,这在哲学上是不言而喻的,就像以前和艾德里安一起时我们常说的那样。

"你还记得……"

"等一下。"她打断了我。

很好,我想。先是碰面,再是坐车,现在是等候。接下来是什么呢?购物,做饭,吃喝,接吻,手淫,上床?我深怀疑虑。可是,我们,一个秃头男人和一个长着短髭的女人,并肩而坐,我突然明白了我本该马上想到的事情。我们两人中,维罗妮卡其实要更紧张一些。不过,虽说我是因为她才紧张,她却显然不是因为我而紧张。我充其量不过是某种轻微而必需的刺激物罢了。可为什么必须是我?

我坐着干等。要是没把那张免费报纸落在火车上就好了。真纳闷为什么我自己不开车过来。可能是因为我不清楚这里停车的规矩吧。我想喝水。还想撒尿。我又把窗摇了下来,这次维罗妮卡没反对。

"看那边。"

我看过去。有几个人正沿着人行道往我坐的这边走过来。我数了数,一共五个。最前面那个男人在这大热天里居然穿了好几层厚厚的粗花呢,包括一件马甲和一顶猎鹿帽似的头盔。他的夹克和头盔上别满了金属徽章,我猜总共有三四十枚,有几枚在阳光下闪闪发光;马甲口袋间垂下一条表链。他看上去兴高采烈,活像马戏团或游园会上跑龙套的。他后面跟着两个男人:前面那个长着一撮黑黑的小胡子,摇摇晃晃地走着;后面那个小个子长得有些畸形,一边肩膀比另一边高出很多——他中途停下来,往一个屋前花园里吐了口唾沫。再往后,是个戴眼镜的傻大个,手牵着一个丰满的女人,那女人长得有点像印度人。

"酒吧。"这几人走成一排时,小胡子说。

"不,不去酒吧。"徽章男回道。

"酒吧。"前者坚持道。

"商店。"那个女的说。

他们说话的声音都很响,像刚放学的小孩子似的。

"商店。"高低肩重复道,又往一片篱笆里轻轻地吐了口痰。

按照吩咐,我仔细凝望着。我猜想,他们全都在三十岁到五十岁之间,但同时都有一种固定、永恒的气息。看得出来,他们还都有些胆怯,走在最后的那一对表现得尤为明显:他们牵手的样子看不出有什么柔情蜜意,而更像是在防范这个世界。他们在离我们几英尺的地方经过,看都没看一眼这车子。他们身后几码外,又走过来一个穿短裤和开领衬衫的年轻人;我看不出他是他们的头儿呢,还是与他们没有任何关系。

一阵长久的沉默。显然,得由我来处理这一切了。

"怎么了?"

她没回答。也许这个问题问得太宽泛了。

"他们怎么回事儿?"

"你怎么回事儿?"

这回答有点牛头不对马嘴,更何况她的语气还那么尖酸刻薄。我硬着头皮继续问下去。

"那小伙子是跟他们一道的吗?"

沉默。

"他们是社区内照顾病员[1]还是什么呀?"

维罗妮卡突然松开离合器,我的头狠狠地撞上了座椅靠背。车子风驰电掣地冲向一个个"减速带",绕了一两个街区,仿佛在参加一场超越障碍赛。她的换挡——或是说不换挡——把我吓出了一身冷汗。飙了大约四分钟后,她把车子拐进一处停车场,停车时前右轮一直开上路缘,然后又弹了下来。

我发现自己在暗自思忖:玛格丽特一向是个循规蹈矩的驾驶员。她不仅开得很安全,而且善待车子。想当初,我上驾驶课时听教练讲过,换挡时压松离合和推拉变速杆的动作应该十分轻柔,乘客几乎感觉不到才行,乘客的头部甚至不会偏离脊柱一厘米。我对此印象很深,每次别人载我时我都会留意司机换挡的动作。要是我和维罗妮卡一起生活,一定得常年和脊椎治疗师打交道。

"你就是不明白,对不对? 以前从没明白过,以后也永远不会明白!"

"你说这话一点儿用都没有。"

就在这时,我看到他们——鬼知道是什么人——正朝我们这边走过来。看来这就是刚才这场生死时速的目的:重新占据在这群人前方的位置。我们旁边是一家商店和一家自动洗衣店,街对面有一家酒吧。徽章男——我终于想到他像什么了:"招客员",就是那种一脸喜相地站在游园会摊位入口处、不停地劝你进去看长胡子的女人或是双头熊猫之类东西的家伙——他仍旧走在最前面,而另外四个正围着那

---

[1] 英国政府实行的一项政策,将有精神错乱病史者送回其家庭或社区中心接受照顾以使其康复。

个穿短裤的年轻人,所以他应该是和他们一起的。他可能是护工之类的吧。此刻我听见他说:

"不行,肯,今天不去酒吧。星期五才是酒吧之夜。"

"星期五。"小胡子重复道。

我发现维罗妮卡已经解开了安全带,正在开门下车。我正要照办时,她说:

"待着别动。"那口气像在吩咐一条狗。

酒吧还是商店的辩论还在继续着,这时有人突然注意到了维罗妮卡。粗花呢摘下头盔放在心口处,低头行礼;高低肩开始在那儿上蹿下跳;高个男放开了那个女人的手;那护工微笑着向维罗妮卡伸出手来。眨眼间她就身陷一个友好的埋伏圈中了。印度长相的女人此时握住了维罗妮卡的手,想去酒吧那人则把头靠在她的肩上。她看上去毫不在意。整个下午以来我第一次看到她笑了。我想听听他们在说什么,但太多声音混在一起什么都听不清。过了一会儿,维罗妮卡转过身来,我听到她说:

"回见。"

"回见。"有两三个人重复道。

高低肩又蹦了几下,高个子灿烂地傻笑着,大喊:"拜,玛丽!"他们跟着她走向车子,但发现副驾驶座上的我后马上停了下来。其余四个人开始拼命挥手道别,而粗花呢则大胆地往我这边走了过来。他一只手还捧着头盔放在胸前,把另一只手伸进车窗来,我跟他握了握手。

"我们要去商店。"他一本正经地告诉我。

"你们要去买什么?"我也同样一脸严肃地问道。

他吓了一跳,随即考虑了一会儿。

"我们需要的东西。"他终于给出了答案。他不由自主地点了点头,又好意地补充道:"必需品。"

然后,他很正式地行了刚才那个小小的低头礼,转过身去,把沉甸甸别满徽章的头盔戴回头上。

"这人看起来不错。"我点评道。

但这时她正一手挂着挡一手向他们挥舞道别。我注意到她大汗淋漓。虽说天的确很热,但也没热到这份上。

"他们看见你都很高兴。"

我能看出来,不管我说什么她都不会回应的,而且她正满腔怒火——自然有我的份,可她同样也在生她自己的气。我真不觉得自己做错了什么。我正准备开口,突然发现她正冲向一道减速带,毫无减速的迹象;我突然想到这时说话很可能会把舌头根给咬下来,于是一直等到我们安全驶过后才开口:

"我想知道那人到底有多少个徽章。"

沉默。减速带。

"他们都住在同一座房子里吗?"

沉默。减速带。

"这么说酒吧之夜是星期五。"

沉默。减速带。

"对了,我们确实一起去了敏斯特沃斯。那天晚上还有月亮。"

沉默。减速带。现在我们又开回大路上了。没记错的话,从这儿到那个车站之间只有平整的柏油碎石路而已。

"这一带很有意思。"我觉得激怒她也可能会有点效果——管他什么效果都好。把她视为保险公司,那纯属过去时了。

"对,你说得没错,我是该早点回头。"

"不过,我还是很高兴那天能和你共进午餐。"

"斯蒂芬·茨威格的作品你有哪些特别推荐的吗?"

"现在胖人越来越多了。肥胖现象,这算是现在和我们年轻时相比的一大变化了,对吧?我可不记得在布里斯托尔时有多少胖子。"

"那个看上去傻乎乎的家伙为什么管你叫玛丽?"

还好我系上了安全带。这次,维罗妮卡的停车技巧就是以大约二十英里的时速把两个前轮都开上路缘,然后狠狠地一脚踩下刹车。

"出去。"她命令道,直直地瞪着前方。

我点点头,解开安全带,慢悠悠地下了车。我拉着车门半天没关,只是为了最后再气气她。最后我说:

"这么开下去你会毁了轮胎的。"

她突然开走,车门猛地从我手里抽了出去。

坐火车回家途中我什么也没想,真的,只由着自己跟着感觉走。我甚至没去想我到底是什么感觉。直到晚上我才开始认真考虑白天的事儿。

令我自觉愚蠢且倍感屈辱的主要原因是——就在几天前,我是怎么对自己描述那种心情的?——"永怀希望和信念。"还有此前的说法:"战胜某人鄙视的诱惑。"正常情况下,我并不觉得自己虚荣心很强,不过显然我比自己想象的要更自欺欺人。最初我只是想拿到分给我的遗产,但现在这份决心已经演化成了某种大得多的东西,某种影响了我的整个人生、贯穿全部时间与记忆的东西。还有欲望。我曾以为——在我人生的某个阶段,我其实以为——或许我能回到起始,改变一切。我以为我可以让血液倒流。在虚荣心作祟下——即使我没有用比这更强烈的措辞——我曾自认为能让维罗妮卡再次喜欢我,自以为这么做很重要。当她在邮件里提到"善始善终"时,我全然没察觉到其中的嘲弄之意,反而把那当成了邀约,甚至是诱惑。

现在回头审视,维罗妮卡对我的态度一以贯之——不仅仅是最近几个月,而是这么多年来始终如此。她已发现我不合她意,更倾心于艾德里安,而且始终觉得这些判断颇为正确。现在我明白,这一切——哲学上也好,其他什么也罢——都是不言而喻的。可是,由于没看清自己的动机,即便到了这个时候,我也一心只想着向她证明她看错我了。或者,确切地说,我想向她证明,最初的时候——当年我们互相探索彼此的身体与心灵,她在我的书和唱片里发现自己中意的东西,她甚是喜欢我,把我带回她家——她对于我的看法才是正确的。我以为我能战胜她的蔑视,将懊悔还原为歉疚,并最终得到原谅。不知怎的,我被某些想法所诱惑,以为我们可以剔除大部分彼此的生活,可以切割录下了我们人生的那盘磁带,重回当年那一人生的十字路口,改走那条很少有人问津,或者说彻底无人问津的道路。然而,如此这般想入非非时,我把常识完全抛在了脑后。真是个老傻瓜啊,我自嘲道。没有比老傻瓜更傻冒的了:这是我早已去世的母亲生前在报纸上读到那些老男人的故事时经常嘟哝的一句话,那些个老头子会仅仅因为一个傻兮兮的笑容、一头染过的头发或是一对翘挺的乳房而迷上年轻女子,甚至不惜抛家舍业。不过,母亲倒没那么说,她说得要委婉些。而我呢,甚至不能拿陈词滥调来当借口,说什么我只是做了其他这个年龄的男人一样会做的寻常事。不,我可是个极品老傻瓜,可怜巴巴地将一腔爱慕倾注于那个世上最不可能接受它的人。

接下来的一周是我一生中最孤独的时光之一。似乎再也没什么可期待的东西了。我孑然一身,脑海里有两个清晰的声音在不断重复:玛格丽特的声音在说,"托尼,你现在得靠你自己了";维罗妮卡的声音在说,"你就是不明白……以前从没明白过,以后也永远不会明白"。我知道如果打电话给玛格丽特的话,她绝不会雀跃欢呼——我知道她会很乐意答应像以前那样一起去吃顿午饭,我们可以一如既往地继续交往——这只让我感到更加孤寂寥落。忘了是谁说过一句话:活得越老,懂得越少。

不过,正如我一再强调的,我有求生自保的本能。事实上,相信自己有这种本能,几乎等同于真正拥有这种本能,因为这意味着你会如此行事。所以,几天后我重新振作了起来。我明白自己必须回到之前的状态,摆脱这一愚蠢、老朽的幻想。除了打扫自家的公寓和管理社区医院的图书室以外,我无论如何必须做好自己的事情。嗯,没错,我还可以再回过神来专心考虑拿回我那份遗产。

"亲爱的杰克,"我写道,"关于维罗妮卡,不知你是否能再帮帮我。我觉得她差不多和以前一样神秘难解了。唉,我们什么时候能长进点呢?另外,说到我那老朋友的日记,就是你母亲在遗嘱里留给我的那份,目前为止冰层尚未融化。有什么进一步的建议吗?对了,还有个小小的谜团。几周前,我和维在城里吃了一顿愉快的午饭,之后她约我某天下午在北线上见面。她好像是想带我去见几个社区内照顾病员,但见完后她不知怎的就生气了。你能解释这是怎么回事吗?希望你一切顺利。祝好,托尼·韦。"

但愿这种友好的语气在他读来不像我感觉到的那么虚假诡异。接下来我又写信给冈内尔先生,请他为我代理福特夫人遗嘱的相关事宜。我悄然告诉他,近来我与遗赠者之女的来往可能引发某些变故,因此我觉得目前最好由一位专业人士致信马里奥特夫人,请求尽快解决此事。

我暗暗地沉浸于眷恋之中,向往昔道别。我想到维罗妮卡在翩翩起舞,头发披散在脸上。我想到她在向家人宣告"我要送托尼回房间",然后对我低声耳语,祝我睡他个好觉,而我在她回到楼下之前就按捺不住地冲到小水池前手淫。我想到完事时自己手腕内侧闪着光,衬衫袖子卷到了手肘。

冈内尔先生回信说他会一一照办。杰克兄则一直没有回音。

我已注意到——呃,我会注意到的——只有上午十点到中午时分才有停车限制,估计是不想大家把车开进市区这里来,然后一整天都把车扔在这里再搭地铁去上班。于是这次我决定开车去,我开的是一辆大众波罗,车胎比维罗妮卡的耐用得多。在北环路上熬过了炼狱般的一个小时左右之后,终于到达目的地,我把车停在老地方,对着郊区街道上一个不算很陡的斜坡。傍晚的阳光照着水蜡树篱笆,上面的尘埃清晰可见。学童成群结队,走在放学回家的路上。男孩子衬衫都没塞在裤子里,女孩子则穿着超短裙,很是挑逗撩人。很多人都在玩手机,有些在吃东西,还有一小部分在抽烟。我上学那会儿,人家跟我们说,只要穿着校服,行为举止就得符合规矩,不能伤风败俗。所以不能在大街上吃吃喝喝,谁要是被逮到抽烟,一顿教训肯定是少不了的。异性间亲昵举动当然也不行:当时紧挨着我们学校,有一所女子学校,宿舍也在我们旁边。一般她们都会早我们十五分钟放学,好让她们有时间离开,免遭那帮饥渴成性,"性"致勃勃的男同胞"捕食"。我就坐在那里回忆这些事儿,想着这些变化,却也没得出什么结论。我唯一关心的就是几周前我怎么会来到这条街上。于是我就坐在车里,把车窗摇下来,就那么等着。

大概过了两个小时,我就放弃了。第二天,第三天,依旧没什么收获。后来我就把车开到了大街上,那里有一个酒吧,还有一家商店,我把车停在外面。我等了一会儿,进到店里面买了点东西,又等了一会儿然后就开车回家了。我一点儿没觉得这是在浪费时间:事实上正好相反——现在我的时间就是用来干这个的。 而且后来证明那个小店蛮实用的,那一带从熟食店到五金店一应俱全。这段时间我在那里买了蔬菜、洗碗粉、肉片和厕用纸。我从提款机里取钱,还存了好多酒。没过几天,他们就开始叫我"老兄"了。

我也考虑过,要不要去区社会公益服务部问问社区温暖之家,有没有个全身挂满徽章的男人,但又觉得他们应该也帮不上什么忙。而且人家要是问我:你问这个干吗?这第一个问题我就答不上来,我不知道我问这个干吗。不过就像我说的,我一点儿不着急。这就像不要难为你的大脑,硬是要求自己去记起什么。而我呢,我是不难为时间,不难为没准儿还会记起点什么,说不定还能想出个办法呢。

过了一段时间，我记起了偶然听到的那些话。"不行，肯，今天不去酒吧。星期五才是酒吧之夜。"于是，第二个礼拜五，我开车去了威廉四世酒吧，拿了一份报纸坐在里面看。迫于经济压力，此酒吧跟其他许多酒吧一样，也重新装修了。菜单上都是这个烧烤那个烧烤的，电视里低声播放着BBC新闻频道，到处都是黑板：一块黑板上宣传着每周一次的问答游戏之夜，另一块上面是每月一次的读书俱乐部通告，第三块讲的是下期的体育电视脱口秀明星，第四块上面是每日箴言，毫无疑问是从某本名言警句全集中直接摘录过来的。我一边做字谜游戏，一边慢慢喝了两杯，再没别人来。

到了第二个礼拜五，我想要不晚饭也在这儿吃了吧，于是就点了烤鳕鱼、手工薯片还有一大杯智利解百纳，吃得蛮好的。然后到了第三个礼拜五，我正在就着意大利干酪和胡桃酱吃通心粉，这时走进来两个人，一个走路一瘸一拐，另一个留着八字胡。他们熟门熟路地在一张桌子前坐了下来，服务员给他们每人拿了半杯苦啤，然后他俩就若有所思地喝了起来。很显然，服务员对他们的要求都一清二楚。他们没有环顾四周，更没有直视他人；当然了，也没有人注意他们。大概过了二十分钟，一个妈妈模样的黑人妇女走了进来，她走到吧台付了钱，然后很温柔地把他俩带了出去。我一直都只是在观察，等待。没错，时间是站在我这边的。歌里唱得有时候还真是真理。

现在，不管是店里还是酒吧，我都是老顾客了。我既没加入读书俱乐部，也没参加问答游戏之夜，就只是坐在靠窗的一张小桌子旁边，研究菜单。我到底在期待什么？什么时候跟那个年轻护工搭个讪？我第一天下午来的时候看到他一个人看护他们五个人。又或者甚至跟那个徽章男聊聊,他看起来最和蔼可亲,容易接近。我可有耐心了呢,而自己竟然都没感觉,时间都懒得算了。后来,有一天傍晚早些时候,我看到那个女人领着他们五个走了过来。不知怎的,看到这个我竟然都没觉得惊奇。那两个常客进了酒馆,其他三个人跟女护工一起进了小店。

我站了起来,把圆珠笔和报纸留在桌子上,表明我还要回来。我在小店门口拿了个黄色塑料篮子,然后在附近慢慢晃悠。走道尽头,他们三人站在一堆洗衣液前面,围在一起很严肃地讨论应该买哪种。因为空间很窄,我过的时候很大声地说了一句"借过",那个又高又瘦、戴眼镜的伙计立马就贴紧了厨房用具的架子,脸朝里面,其他三个人也都不说话了。我路过的时候,看到那个徽章男盯着我的脸看,我便笑着说了句"晚上好"。他继续盯着,然后又点了点头。我没再说什么,就回酒吧去了。

过了几分钟,那三个人也加入了喝酒的行列。女护工也走到吧台前面,点了东西。别看他们在大街上吵吵闹闹,一副小孩子气,到了小店和酒吧里面,却变得羞答答,窃窃私语起来。服务生给新来的人上了饮料。我感觉好像听到了"生日"这个词,不过也有可能是我听错了。我决定去点东西吃,因为去吧台的话,就可以接近他们。我其实没啥计划。后面来的那三个人还站着,看到我走过去,稍稍侧了一下身体。我又一次跟徽章男道了一声"晚上好",声音透着愉悦,他的回应跟上次没什么变化。那个又高又瘦的家伙正好挡在我前面,我就停下来仔细看着他:大概四十来岁,身高六英尺多一点,肤色苍白,戴了一副老厚老厚的眼镜。我感觉到他很想转过身背对我。可是,他的举动却出乎我意料。他摘下眼镜,仔细看着我,棕色的眼睛泛着温柔。

几乎想都没想,我就轻轻对他说:"我是玛丽的朋友。"

我看着他,他先是微笑,然后就慌了。他转过身,轻轻呜咽着,拖着步子走到那个印度妇女身边,握住了她的手。我继续往吧台走,半个屁股坐在吧台椅上面,开始看菜单。过了一会儿才感觉到那个黑人护工站我旁边。

"不好意思。"我说道,"但愿我没做错什么。"

"这个可不好说。"她答道,"最好不要让他受惊吓,尤其是现在这个时候。"

"我之前见过他一次,有一天下午跟玛丽一起过来的。我是她的朋友。"

她盯着我看,好像在评估我的动机和可信度。"要是这样的话,我相信你会理解的。"她轻声说道,"你会的吧?"

"是的,当然理解。"

事实上,我早就明白了。我根本不需要跟徽章男或是那个男护工打探消息。现在我明白了。

一切都写在了他的脸上。这种情况不常见,是吧?至少,对我来说不常见。别人说的话,我们听着,写的东西,我们读着——那就是我们的证据,那就是我们的佐证。但要是有人面部表情跟所说的话对不上,我们"审问"的是前者。眼神飘忽不定,突然泛起红晕,面部肌肉不由自主地抽搐——于是我们就明白了。伪善面目,虚情假意全都展露无遗,事实赫然呈现在眼前。

但这次不一样,这次更简单。没有什么跟什么对不上,一看他的脸,我就什么都明白了,就这么简单。他的眼睛,从颜色到神情,他那苍白的脸颊,还有整个脸部的骨架结构。他的身高及其跟骨骼和肌肉这两者的比例,这些都是证据。他就是艾德里安的儿子。不需要出生证明,也用不着 DNA 测试——我分明看到了,也感觉到了。而且算算日子也对:他现在也该这么大了。

不过我承认,我第一反应想到的还是自己。我没办法不去想自己在给维罗妮卡的信中说的话:"问题的关键就在于在他发现你是个无聊鬼之前,你能不能怀上他的孩子。"其实我当时根本就没这么想——我不过就是一通胡乱攻击,想着法子伤害她。事实上,我跟维罗妮卡交往那么久,发现她有很多特点——魅惑迷人,神秘莫测,吹毛求疵——但我从来都不觉得她无趣。即使是最近跟她交往,虽说形容词可能升级换代了——招人生气,固执己见,傲慢自大,仍不失魅惑迷人——但我还是不觉得她无趣。所以说,当时我的话是又假又伤人。

但这还没完。那时候想毁掉他俩,我还写过:"我隐隐希望你们有个孩子,因为我坚信时间是复仇大王……可是,报复必须有的放矢,那就是你们俩。"然后我又接着写道:"所以我又不希望你们那样。倘若让某个无辜的胎儿发现它原来是你们俩的崽子——请原谅这一陈词滥调——让它遭受这样的痛苦,那未免太不公平。"从词源学上来说,"悔恨"这个词是指不断噬咬的动作,因为这种情绪会不断蚕食你。想象一下我再次阅读自己文字时那种被蚕食的感觉,那些文字,就好像古老的诅咒,而我自己却都不记得这事儿了。我当然不信——也没信过——诅咒这回事儿,这就跟说语言会引发事件一样。

但是看着自己曾经说过的话随后变成现实——自己期待邪恶发生,而**魔鬼就真的来了**——这还是会让你直哆嗦,觉得冥冥之中自有另一个世界。年轻时候的我,诅咒他们,年老的我,见证了诅咒的结果,两个我心情却截然不同,这真够荒谬。要是一切开始之前,你能告诉我说艾德里安没自杀,而是跟维罗妮卡结了婚,生了个小孩,可能不止一个,再后来孙子孙女都有了,我应该会回答说:那太好了,我们分道扬镳,各走各的,井水不犯河水。可是现在呢,那些无谓的陈词滥调遭遇了不可改变的事实:报应在了那个无辜的胎儿身上。我想到在店里那个可怜巴巴、身患残疾的人,把自己的脸贴在一卷洗碗布还有一堆加厚厕用纸上面,而这一切都是为了躲开我。唉,他的直觉是对的:我活该遭人嫌。要是人生真的奖励"德行"的话,我活该被人嫌弃。

就在几天前,我还对维罗妮卡抱有一丝幻想,还以此自娱自乐,而与此同时呢,又承认自从上次见她,在过去的四十多年中,我对她的生活一无所知。现在,之前没问的问题,我也有答案了。她确实怀上了艾德里安的孩子,然后呢?——天知道发生了什么事——可能他自杀带来的创伤影响到了子宫里的孩子,她的宝宝被诊断出有点……什么呢?有点没法在社会中独立生活,不管是情感上还是经济上都需要持续不断的支持。我很想知道诊断结果是什么时候出的,是一出生马上就告诉她了呢,还是中间有几年的缓冲期,好让她觉得孩子在事故中幸存了下来,从中寻求安慰?但是知道以后呢?为了他,她牺牲了多少年华?可能打着什么低贱的短工,同时送他去特殊教育学校学习?接着,设想他越长越大,也越来越难相处,最后她终于无力挣扎,叫社工把他领走了。想象一下她当时的感觉,那种失落感,挫败感,还有内疚感。而我呢，却因为女儿偶尔忘了给我发邮件就自己犯嘀咕。我还记得在摇摆桥第一次跟她重逢时自己那卑鄙的想法：她看起来有点寒酸，蓬头垢面，还觉得她难相处，不友好，而且毫无魅力可言。事实上，她答应白天抽时间见我，我就已经很幸运了。我还指望着她把艾德里安的日记给我？现在，我觉得她肯定早把日记烧掉了，站在她的角度看，我可能也会烧掉的。

没有谁可以跟我一起分担这些——就算有也只是一小会儿。就像玛格丽特说的那样，我只能靠自己——而且我也理应如此。尤其是考虑到我有一段过去，需要重新评估，而相伴左右的，除了悔恨，别无其他。重新思考了维罗妮卡的人生及其性格之后，我就不得不回到过去，跟艾德里安打交道。我这个朋友，可是个大哲学家，他凝视人生，断定任何有思想、有责任感的人都应该享有拒绝这一礼物的权利，因为我们从来没有主动索求过这一礼物。而在过去的这几十年中，他那高贵的举动一次又一次凸显了大部分生命的妥协和渺小。所谓"大部分生命"，即我的生命。

所以他的这一形象便成了对我的谴责，伴随我度过余生。这种谴责已"离世"多年，却又如此鲜活，现在这一切都被颠覆了。"一流的学位，一流的自杀"，亚历克斯和我已达成共识。我所了解的艾德里安又是怎样的呢？把自己女朋友肚子搞大，却不敢面对后果，用当时的话说就是选择了"走捷径"。其实那一步一点儿也不算什么捷径，那是对个性的最后声明，是同压抑它的普遍性背道而驰的。不过现在我得给艾德里安重新定位了，他不再是那个只会引用加缪的负心汉了，不再是那个只关注自杀的哲学问题的艾德里安了,而是……什么呢?他不过是罗布森第二,亚历克斯过去还老说他"算不上什么专注情爱啊死亡啊这些事儿的货色",但就是这个默默无闻的理科六年级学生自己选择离开了这个世界,只留下了一句"妈妈,对不起"。

那时候我们四个还老是猜罗布森的女朋友会是怎样的——从循规蹈矩的处女到性病缠身的妓女,全都想过了。但那时候,谁也没考虑过孩子啊,未来啊什么的。现在,有史以来第一次,我想知道罗布森的女朋友,还有他们的孩子后来怎么样了。孩子妈妈应该跟我年龄差不多,很有可能现在还活着,那孩子现在差不多将近五十了。他还相信"爸爸"是意外去世的吗? 也许他被人领养了,从小到大,都活在"自己是多余的"阴影中。但现在,被领养者都有寻找自己亲生母亲的权利了。我想象了一下那个尴尬又辛酸的母子重聚的场面,发现即使过了这么久,自己还是想去给罗布森的女朋友道个歉,说我们过去说她闲话,根本没考虑到她的痛苦和耻辱。我有点想要联系她,请她原谅我们多年前的错误——尽管这些事她当时根本就不知道。

然而,思虑罗布森和他女朋友,只不过是想逃避艾德里安这档子事。罗布森当时也就十五六岁? 还跟父母一起住在家里,毫无疑问爸妈绝不是什么思想开明的人。要是他女朋友当时不到十六岁,估计同样也会面临强奸起诉。所以二者其实没什么可比较的,艾德里安已经是大人了,他没跟爸妈住一起,而且比可怜的罗布森聪明多了。再说了,那个时候,你要是把一个姑娘肚子搞大了,而她又不愿意做人流,你就得把她娶回家:那时候规矩就这样。然而,即便是这传统的解决方式,艾德里安都无法面对。"你觉得这是不是因为他太聪明了?"母亲有一次这么问,想故意刺激我。不是,跟聪不聪明一点儿关系也没有,甚至跟道德勇气就更不搭边了。他并不是庄重地拒绝一件既存礼物,他害怕的是过道里的婴儿车。

像我这么一个日子一直过得谨小慎微的人,对人生又了解几何呢?我既没有尝过成功的滋味,也不知道失败的感觉,只是过一天是一天而已。跟其他人一样,我也有梦想,但却过早地接受了没能实现愿望的现实。我怕受伤害,称之为生存能力。我买东西付账,跟所有人都尽量友好相处,对我来说狂喜和绝望不过是曾在小说中读到过的两个单词而已。我所有的自我谴责,从来都不过是说说而已,没有带给我什么实际的痛苦。现在,我一边考虑这些,一边受某种特别的悔恨感折磨。一个一直以来都觉得自己知道怎么逃避痛苦的人(这恰恰是受伤害的原因所在),最终还是受了伤。

"出去!"维罗妮卡发话了,她以二十英里每小时的速度把车开到了路缘上。现在我来说一下这两个字的言外之意:滚出我的人生,从一开始我就没想要你走近我的人生。我根本就不该同意见面,更别说一起吃午饭,带你去见我儿子了。出去,给我出去!

我要是有她地址,肯定会正儿八经给她写封信的。我给邮件加了个标题"道歉信",然后又改成了"**道歉信**",但又觉得看起来过于醒目,于是又改了回去。邮件中我说得很坦率,也很直接。

亲爱的维罗妮卡:

我知道你是最不想收到我的来信的,但我希望你能把这封信看完。我并不指望你回信。但我最近重新考量了一些事情，觉得应该跟你道个歉。我并不指望你因此对我的看法有所改观，但也几乎不可能更糟了。我写的那封信，真的是不可原谅。我只能说，当时那些恶毒邪恶的话都是一时冲动，过了这么多年，我再次重读那些话，真的是大吃一惊。

我也不指望你把艾德里安的日记交给我。要是你已经把它烧了，这事儿我们就不再提。要是还没烧，很显然它应该由你保管，因为那是你孩子父亲写的东西。我也很困惑你母亲为什么一开始会把它留给我，但这些都不重要了。

很抱歉我这么烦人。当时你想告诉我什么事的，而我自己太笨了，一直都没明白。如果还有可能的话，希望你们母子能平平静静地过日子。任何时候，有什么我能帮得上忙的，希望你能尽管开口。

托尼

我能做的也就这些了。虽说没有我期待的那么好，但至少每个字都是真心实意的，没有隐藏的动机，也没暗自期待这封信能给事态带来什么变化。我没想要日记，没想要维罗妮卡对我的看法有所改观，甚至都没想她接受我的道歉。

邮件发完之后，我也说不好自己到底是感觉好点了呢，还是更糟糕了。其实我没太多感觉，只是筋疲力尽，好像被抽空了一样。我无意告诉玛格丽特这件事。更多时候我想的是苏茜，想到了她后天的情感构成，正是这一构成决定了她的人生路程。这个曾经的小孩子，小姑娘,现在已经长大成人了。我还想到了那些孩子四肢健全、大脑正常的父母该有多幸运啊。就像一位诗人曾经对新生儿的祝福那样:愿你此生普通如常。

我的生活在继续。不管是生病的,正在恢复的,还是时日无多的,我都向他们推荐书籍。自己也读一两本。我把垃圾拿出去再利用,写信给冈内尔先生叫他不要再纠结日记的事了。一天下午,心血来潮,开车沿着北环路走,买了点东西,在威廉四世酒吧吃了晚饭。店里的人问我是不是去度假了,我说是,酒吧里的人也问我是不是去度假了,我说没。答案一点也不重要,其实本来重要的事就没多少。我想了想过去这么多年发生在我身上的事,而我自己做过的事却是少之又少。

一开始我以为只是一封旧邮件,不小心被重发了一次。但是我的标题"道歉信"还留在那里,下面是我的邮件内容,还没删除。她这样回复:"你还是不明白。你从来就没明白过,以后也永远不会明白。所以干脆就别试了吧。"

这封信我就放在收件箱里没删,偶尔会再看一下。要不是已经决定死后要火葬后撒骨灰,我都可以把那句话当墓志铭刻在石头或大理石墓碑上了:"托尼·韦伯斯特——从来都不曾明白过"。不过这是不是有点夸张,甚至有点自怨自艾。要不"现在他孑然一身了"怎么样?这个应该好点,也更真实。要不或者我会写"每天都是星期天"。

偶尔我也开车去小店和酒吧转转,这两个地方总是让我感觉很平静,而且给我一种目标感,也许这是我人生最后一个正儿八经的目标了,虽说这听起来有点怪异。跟之前一样,我从没觉得自己在浪费时间,现在我的时间就该用来干这个。而且这两个地方的人都很友好,至少比我住的地方的酒吧和小店里的人友好。我没啥计划,不过这也不新鲜,这么多年来我都没啥"计划"。而我对维罗妮卡旧情复燃——如果真是这样的话——也算不上什么计划,更多的是一种短暂、病态的冲动,是短暂羞辱史上的一个附录而已。

一天,我问酒保:"能不能换个口味,给我弄点薄薯片?"

"什么意思?"

"就是像法国人那样,来点薄薯片。"

"没有,我们没有的。"

"但是菜单上说你们的薯片是手工薯片。"

"没错。"

"那,你们就不能切薄一点儿吗?"

酒保一向和蔼可亲的表情不见了。他看着我,就好像不确定我到底是书呆子学究呢还是傻瓜一个,或者也许两者兼而有之。

"手工薯片的意思是厚薯片。"

"但是你要是手工切薯片的话,就不能切薄一点儿吗?"

"我们不切的,运过来就那样。"

"所以你们不在店里切薯片?"

"没错,就是这个意思。"

"也就是说,你们称为'手工薯片'的东西是在别的地方切的,而且很有可能是机器加工的?"

"你是地方议会的还是怎么的?"

"完全不是。我只是有点疑惑,从来都不知道'手工'是指'厚',而不是'真正由人工切'。"

"呃,现在你知道了。"

"不好意思,我刚刚只是没弄明白。"

我退回到自己桌子旁边,等着上菜。

就在那时,我看到他们五个全都走了进来,那个年轻护工陪着,我在维罗妮卡的车上见过这个人。路过我旁边时,那个徽章男停下来点了点头,猎鹿帽上几个徽章轻轻叮当作响。其他几个人跟在他后面。看到我时,艾德里安的儿子侧过身子,像是要离我远点,同时也离霉运远点。他们走到屋子另一边墙旁边,但并没有坐下来。护工走到吧台前,要了酒水。

我的鳕鱼和手工薯片来了,薯片是盛在一个金属罐里的,里面还包了一层报纸内衬。那个年轻人在我桌边停了下来,我当时可能在自顾自地傻笑吧。

"能跟您谈谈吗?"

"当然可以。"

我示意他坐在对面的椅子上。他坐下的时候,我注意到,隔着他的肩膀,他们五个都在看着我,手里拿着杯子,但并没有在喝。

"我叫特里。"

"托尼。"

因为坐着,我们握手的样子很尴尬,手肘抬得老高。刚开始的时候,他保持沉默。

"薯片?"我问道。

"不用,谢谢。"

"你知不知道他们菜单上的'手工'薯片,其实只是'厚'薯片,并不是说它们就真的是人工切割的?"

这话一说,他看我的表情就跟那个酒保一样了。

"是关于艾德里安的事情。"

"艾德里安。"我又重复了一遍。我怎么就从来没想过他的名字呢?除了艾德里安,他还能叫什么呢?

"你的出现让他很不自在。"

"不好意思。"我回答道,"我最不想看到的就是让他不自在了。我再也不想烦谁了。永远不会了。"他看着我,好像在怀疑我这话是不是暗藏讥讽呢。"没事的。我不会再出现在他面前了。我吃完东西就走,以后你们谁也不会再见到我了。"

他点了点头。"介意跟我说一下你是谁吗?"

我是谁?"当然不介意。我叫托尼·韦伯斯特。多年前跟艾德里安的父亲是朋友。我们是同学。我过去也认识他母亲维罗妮卡,而且挺熟的。后来我们就失去联系了。不过过去几周我们又见了面。不对,其实应该是过去几个月。"

"几个月?几周?"

"没错。不过我以后应该也不会再见维罗妮卡了,她不愿意再见我了。"我说这话的时候,尽量显得自己是在陈述事实,而不带有可怜兮兮的感觉。

他注视着我。"你应该理解我们不能谈论客户的过去。这事关客户隐私。"

"当然。"

"但是你刚刚说的那些完全驴唇不对马嘴。"

我又想了想。"哦,维罗妮卡!不好意思,我想起来了,他——艾德里安——叫她玛丽。我猜她跟他在一起的时候自称玛丽吧。那是她的中间名。但不管是过去还是现在,我都叫她维罗妮卡。"

越过他的肩膀,我看到他们五个都站着,焦急地看着我们,仍然没有在喝。我的出现让他不舒服,这让我觉得很羞愧。

"你要真是他父亲的朋友——"

"同时又是他母亲的朋友。"

"那我觉得你没搞清楚。"至少他换了个说法。

"我没有吗?"

"玛丽不是他母亲,是他姐姐。艾德里安的母亲大概半年前去世了。他受了很大打击,所以最近……才状况不大好。"

很机械地,我放了一片薯片在嘴里,然后第二片。薯片太淡了,这就是厚薯片不好的地方。里面土豆太多了。薄薯片不光外面很脆,盐分也分布得更均匀。

我能做的就只有跟特里握个手,然后把自己的承诺重复一遍。"希望他能好起来。我相信你们会把他照顾得很好的。他们五个看起来相处得很不错。"

他站起身来。"唉,我们尽力而为吧,但几乎每年预算缩减都会影响到我们。"

"祝你们好运。"我说。

"谢谢。"

结账的时候,我给了平时两倍的小费。至少这样我也算是有所帮助。

后来,回到家,花了点时间又把事情重新理了一遍,我总算搞清楚,弄明白了。我明白了为什么艾德里安的日记一开始就会在福特夫人手里,明白了她为什么会写下"附言:这听起来虽然有些奇怪,但我想,他人生的最后几个月是快乐的。"明白了第二个护工说的"尤其是现在这个时候"是什么意思,甚至明白了维罗妮卡说的"血腥钱"的意思。还有最后,给我看的那张纸上艾德里安的话的含义。"那么,你如何表达一个包含 b, a^1, a^2, s, v 五个整数的累加赌注呢?"接着是几组公式,表示可能的组合方式。现在一切都清楚了。第一个 a 是艾德里安,另外那个是我,安东尼——他以前正经点儿叫我的时候就这么叫的。b 代表宝宝,而这个宝宝的母亲,年纪过大,生孩子相当危险。结果呢,孩子生下来就有毛病。现在这孩子已经是四十岁的大男人了,沉浸在悲痛之中。他叫他姐姐玛丽。我看着整个事件的责任链,在那儿看到了自己的名字缩写。记得我在那封恶毒的信里还强烈建议艾德里安询问一下维罗妮卡的母亲。我又看了一遍自己的文字,它们将会永远阴魂不散地缠着我,就像艾德里安没说完的话一样。"因而,比如,假使托尼……"我知道自己现在什么也改变不了,什么也补救不了了。

你的生命走向终结——不对,不是生命本身,而是其他什么东西:生命中任何改变的可能性的终结。你有一段漫长的暂停时间,足够让你提出这样的问题:我还有其他什么事做错了吗? 我想到了特拉法尔加广场上的一帮孩子;想到了一位年轻女子此生唯一一次起舞;想到了自己现在不知道或不明白的东西;想到了自己永远不可能知道也不会明白的东西;想到了艾德里安对历史的定义;想到了他的儿子把自己的脸塞进一堆加厚厕用纸里面就是为了躲开我;想到了一个女人无忧无虑、粗心大意地煎鸡蛋,其中一个碎在了平底锅里也不在意,然后还是同样那个女人,在阳光照耀的紫藤下偷偷做了个水平的手势。然后我想到了月光下,浪头汹涌而过,渐渐消失在了上游,后面跟了一群叽叽喳喳的学生,他们的手电筒光在黑暗中相互交织。

  有累积。有责任。除此之外,还有动荡不安。浩大的动荡不安。

图书在版编目(CIP)数据

终结的感觉 /（英）朱利安·巴恩斯
(Julian Barnes) 著；郭国良译. —南京：译林出版
社，2021.9
 (巴恩斯作品)
 书名原文：The Sense of an Ending
 ISBN 978-7-5447-8638-6

I.①终… II.①朱… ②郭… III.①长篇小说－英国－现代 IV.①I561.45

中国版本图书馆 CIP 数据核字（2021）第 068726 号

The Sense of an Ending by Julian Barnes
Copyright © 2011 by Julian Barnes
This edition arranged with Intercontinental Literary Agency Ltd (ILA)
through Big Apple Agency, Inc., Labuan, Malaysia
Simplified Chinese edition copyright © 2021 by Yilin Press, Ltd
All rights reserved.

著作权合同登记号　图字：10-2016-457 号

终结的感觉　[英国]朱利安·巴恩斯／著　郭国良／译

责任编辑	李浩瑜　宗育忍
装帧设计	typo_d
校　　对	蒋燕
责任印制	颜亮

原文出版	Jonathan Cape, 2011
出版发行	译林出版社
地　　址	南京市湖南路 1 号 A 楼
邮　　箱	yilin@yilin.com
网　　址	www.yilin.com
市场热线	025-86633278
排　　版	南京展望文化发展有限公司
印　　刷	南京爱德印刷有限公司
开　　本	850 毫米 ×1168 毫米　1/32
印　　张	5
插　　页	4
版　　次	2021 年 9 月第 1 版
印　　次	2021 年 9 月第 1 次印刷
书　　号	ISBN 978-7-5447-8638-6
定　　价	48.00 元

版权所有　·　侵权必究

译林版图书若有印装错误可向出版社调换。质量热线：025-83658316